MONIQUE CANZANO

ENTRE DEUX RIVES

Si loin de la Mahouna...

LES ÉDITIONS DU LOIR

Tandis qu'à Tipasa l'antique
Que lèche le ressac d'Afrique,
Brûlante, se faufile la brise
Dont cette terre est éprise,
Ton cœur terriblement ému
Partout voit l'ombre de Camus.

Alain Pellerin, 1975

Google Earth… Un globe bleu pommelé de nuages émergeant de nulle part, telle une boule de Noël en lévitation. Une approche en douceur, une descente courbe vers ce gros continent triangulaire. Apparaît une carte de géographie en relief, des couleurs, beaucoup d'ocre, peu de vert. Des montagnes, des rivières que l'on devine pauvres en eau dans tout cet ocre. Des taches écrues pour les villes, des ponctuations éparses pour les villages. Le miracle du zoom, et tout cela grossit, se précise, des noms apparaissent. Une ville occupe maintenant tout l'écran.

Laborieusement, Ariane dérive lentement, du nord au sud, de l'est à l'ouest, trouve des repères dans le tréfonds de ses souvenirs, suit le ruban blanc des rues, les rectangles verts des jardins. Là, une place ronde, harmonieuse, bordée d'arbres. Une statue centrale. Sur le bord du cercle, une maison carrée à toit plat, en terrasse. On y devine une petite bâtisse en verrue, là où on range des sièges en toile, des parasols, de quoi se reposer dans la fraîcheur les nuits d'été. De quoi étendre le linge sur la terrasse attenante.

Du fond de sa mémoire remonte et s'impose l'odeur de chaleur sèche qui y régnait, qui doit toujours y régner.

Au premier étage de cette maison, juste sous cette terrasse, elle est née un jour d'automne.

Livre I

Lundi 8 janvier 1962

Et voilà, les vacances sont finies. Le soleil est radieux comme toujours. Moi, un peu moins. J'aime tant ces jours où personne ne s'occupe de moi. Je peux lire, lire, lire jusqu'à l'abrutissement. Jusqu'au moment où je me secoue et descends jouer avec les autres dans la cour de l'immeuble. Surtout que pour une fois je ne suis pas en pénurie de livres. Les cadeaux de Noël m'ont réapprovisionnée. « Il faudrait que je me rationne », ai-je pensé en suivant le chemin de l'école. « Sinon je vais avoir bientôt fini. »

Je n'ai ni frère ni sœur. Mon père est à la fois professeur de français et directeur d'école. J'habite dans un immeuble de fonction. Cela veut dire que tous les occupants sont enseignants comme mon père. Et que cet immeuble fait partie d'un collège, mais un collège de garçons, pas le mien. Et tous les enfants qui habitent là peuvent jouer, pédaler de toutes leurs forces, utiliser les agrès de la cour autant qu'ils veulent, après la sortie des classes.

Et ils ne s'en privent pas. Sitôt les devoirs terminés, nous nous retrouvons tous les jours. Les courses à vélo, version « Ben Hur » accompagnées de hurlements, tout en traînant, accrochés au porte-bagages, ceux qui sont en patins à roulettes, ne s'interrompent la plupart du temps qu'après épuisement ou chute sur les gravillons.

En pensant à tout cela, j'ai suivi machinalement le chemin de l'école ce matin. Je m'y ennuie un peu. Pendant les cours, je rêvasse, je lis en cachette. J'ai des copines, mais comme je suis la plus jeune, on me traite en gamine qui ne comprend rien aux discussions !

Quand il s'agit de courir dans la cour, je suis la première à démarrer avec Fatiha et Leïla. Les séances de « chat » finissent souvent en se roulant à terre et quand la maîtresse de récréation tape dans ses mains pour signifier le retour en classe, il faut nous frotter les genoux et les mains en hâte avec le sable du bac de sport car personne ne se souvient avoir jamais vu de savon ou même de l'eau aux robinets des lavabos. Quant aux toilettes à la turque, mieux vaut ne pas les utiliser !

Quand un groupe de discussion démarre, on me dit « Laisse Ariane, tu ne peux pas comprendre à ton âge » avec un signe de la main pour m'écarter. Plusieurs ont deux voire trois ans de plus que moi. Je suis en avance et elles en retard… Les histoires de garçons occupent tout leur esprit. J'en suis à mille lieux ! Parfois aussi, l'une d'elles pleure, c'est souvent Fawzia. Elle est très belle, une Kabyle rousse. Son père parle de lui imposer le voile. Mes copines de classe sont comme moi, les cheveux lâchés. Elles peuvent monter à bicyclette, courir. Mais elles savent bien que c'est la fin. Elles ont dépassé la puberté, et après la classe de troisième, l'école ne sera plus obligatoire pour elles. On les gardera à la maison, elles devront porter le voile et très vite on les mariera. Plusieurs sont de bonnes élèves et rêvent de poursuivre leurs études, mais doutent qu'on le leur permette, par tradition ou pauvreté.

Pendant la récréation, elles s'encourageaient mutuellement :

– Mais non, tu penses, c'est fini tout ça, il n'y a que les vieux pour vouloir voiler les femmes. Ma mère et ma tante le disaient encore il y a quelques jours. On aura le droit de travailler, tu verras. Et puis un homme d'aujourd'hui préfère une femme qui ramène une paye chaque mois !

– Oui, répondait l'une ou l'autre, mais tu sais bien, ils ont peur pour leur honneur. Il suffit qu'un frère, un cousin, un voisin leur lance « Tu es un homme, oui ? On voit ta femme se promener dehors ! » pour qu'ils rétrogradent et oublient leur souhait de modernisme. Et toi, tu te retrouves enfermée à la maison avec la belle-mère à t'occuper de tes gosses.

Adossée contre le mur, en équilibre sur un pied, j'ai écouté sans mot dire. On est pareilles, on se connaît depuis la première classe du primaire. Et tout d'un coup nos avenirs divergent. Et moi, que ferai-je l'année prochaine ? Il n'y a pas de lycée à Guelma. Les filles partent comme internes au lycée, les garçons aussi ou chez les Jésuites, à Bône. Il faudra que je demande à mes parents.

Après la sortie, j'ai continué à réfléchir à tout ce que j'avais entendu, en sautant pour écraser les graines sorties des gousses de caroubier répandues sur le trottoir, pour rythmer mes pensées.

Le voile… Comment voyait-on, cachée sous ces voiles noirs ? J'ai tellement l'habitude de les côtoyer depuis ma naissance que je ne me suis jamais posé la question. Et puis pour moi, c'est synonyme de vieille femme. J'ai réalisé, en entendant les copines, que cela concernait aussi les jeunes.

Bon si j'avais écrasé douze graines avant d'avoir compté jusqu'à cinq, je serais interne à Bône, comme ma tante. Sinon… Sinon quoi ? Comment savoir avec cette guerre qui dure. Dans les conflits qu'on apprend à l'école, c'est facile : deux pays se battent l'un contre l'autre. On connaît le nom de son ennemi. Il y a une frontière entre les deux. Ici, ce n'est pas la même chose. On est tous nés ici. Mais nous n'avons pas la même histoire, nous n'avons pas la même religion, nous ne parlons pas la même langue en famille. Et puis après ? Mes grands-parents, mes parents qui sont catholiques ponctuent leurs exclamations aussi bien par « Mon Dieu ! » que « Inch' Allah ! ». Leurs amis aussi. Avec mes copines on est dans la même école. Oui jusqu'à maintenant

Mon père me dit que c'est comme une guerre civile. Des gens d'un même pays qui se battent entre eux parce qu'ils ne sont pas d'accord.

Je me suis arrêtée et j'ai observé ce qui m'entourait : une, deux voitures passaient, conduites par des Français, une calèche à cheval menée par un Arabe. Des grappes d'enfants allaient et venaient comme moi, un cartable à la main. Les petits Français étaient mieux habillés. Une idée saugrenue m'est venue : « Qui, parmi tous ceux-là connaît le nom de Mozart ? Sûrement aucun, Français et Arabes à égalité. Et on vit tout de même au même endroit. »

Mardi 16 janvier 1962

Mardi, jour de la leçon de piano.

Ah les cours de piano de mademoiselle Garnier ! Une vieille fille, qui vit dans une petite maison avec sa sœur, une scoliotique, une bossue quoi ! À moins qu'il ne s'agisse de séquelle du mal de Pott. Il n'y avait pas d'antibiotiques dans sa jeunesse. Ce sont mes parents qui m'ont expliqué cela devant ma frayeur la première fois que je l'ai vue.

Mon professeur, elle, se tient très droite, a un beau visage de vieille dame, encadré d'un chignon blanc neigeux, un peu flou, comme une auréole de douceur. Elle a dû être belle jadis. Elle a été élevée à la Maison de la Légion d'honneur, c'est elle qui me l'a raconté, et en garde un maintien et une élocution de princesse du sang. D'ailleurs je ne sais pas ce qui est le plus important à ses yeux : jouer musicalement ou se tenir droite. Les deux sans doute, mais elle me parle plus souvent du deuxième point que du premier.

Je viens là deux fois par semaine après l'école parce qu'on m'y oblige. Il y a peu de choix d'activités artistiques à Guelma. Alors mademoiselle Garnier est l'assurance d'une éducation complète comme mon père est l'assurance d'être admis au lycée après la classe de troisième, grâce au latin.

Je me suis fixée deux règles, comme ça, par jeu, par ennui : ne pas utiliser le frein de mon vélo en arrivant à sa porte, laquelle est en bas d'une petite pente, et ne pas ouvrir la bouche du tout, de l'arrivée au départ. Mon critère de réussite est d'avoir les lèvres légèrement collées l'une à l'autre, adhérentes, une fois ressortie. Je lui dis bonjour et au revoir avec du sourire plein les yeux. Cela doit bien faire illusion car elle ne s'est jamais plainte de mon impolitesse. Quant au vélo, comme je cogne forcément la porte, elle me dit à chaque cours, posément : « Pourriez-vous vous arrêter avant la porte, je vous prie, Ariane ? ». Et elle ne s'énerve pas.

Heureusement, nous sommes au milieu du mois. Je redoute la dernière leçon mensuelle car mon père vient m'y chercher pour payer mes cours. Et c'est l'occasion de discussions prolongées pendant lesquelles je piaffe. Je vois la vieille demoiselle s'animer, rire, donner la réplique, faire assaut de culture. Elle ne doit pas avoir souvent l'occasion de réparties intellectuelles. Mon père aussi finalement.

– À quel âge aurai-je le droit d'arrêter de jouer du piano ?

– Mais jamais, ma chérie ! a répondu un jour ma mère à cette question. C'est pour la vie ! C'est comme savoir lire !

Cela m'a laissée sans voix. Je vais me traîner ça tous les jours de mon existence ? Quelle chance ont mes camarades de n'avoir pas appris ! Je me venge en marquant le rythme en cognant contre le bois du piano avec mon pied gauche puisque le droit est sur la pédale. Il n'y a plus de vernis à ce niveau. Il est parti par écailles. Le bois est blanchi !

Et puis, ça me retarde. Les jours de cours de piano, je n'ai presque plus le temps de descendre dans la cour jouer avec les autres. Et les autres jours, sans cours, il faut travailler les gammes, les exercices, les morceaux. Que de temps perdu ! Alors je les joue le plus vite possible, sans respecter les rythmes pour gagner du temps. Je déteste particulièrement les « thèmes et variations ». À quoi ça sert de répéter la même mélodie en changeant le rythme, la tonalité, en rajoutant des petites fioritures ?

Vendredi 19 janvier 1962

Ce vendredi a été un grand jour.

Mon grand-père habite chez nous provisoirement, depuis trois mois. Ma grand-mère et lui ont décidé d'aller vivre en France. Ils ont connu trop de guerres et veulent maintenant vivre dans la paix. L'été dernier, pendant leur mois de vacances, ils sont partis à Toulon et y ont acheté un appartement. Pourquoi Toulon ? Et pourquoi pas ? Nous n'y avons pas de famille et nous ne connaissons personne de ce côté-là de la

Méditerranée. Au moins, c'est au bord de la mer, ma grand-mère en a toujours rêvé. Ils essaient de convaincre leurs amis de les suivre dans cet exil. Mon grand-père n'est pas totalement convaincu. Il redoute ce sol étranger. Alors ma grand-mère déborde deux fois plus d'enthousiasme pour compenser.

– Tu verras, m'a-t-elle dit, tu viendras passer tes vacances avec nous et nous irons à la plage tous les jours ! Il n'y aura pas besoin de convoi militaire pour ça. On ira au cinéma !

– Mais c'est dangereux ! ai-je répondu.

– Mais non justement, puisqu'il n'y a pas de fellagha.

– Comment on peut en être sûr ?

– Mais non, enfin, puisque c'est en France.

Je ne vois pas en quoi c'est une raison. Et puis je redoute tellement leur départ. J'essaie d'imaginer ce que cela impliquera comme changements dans mes habitudes : ne plus passer chez eux à la sortie de l'école, plus de repas dominical se terminant invariablement par ma mère quittant la table avec fracas, s'estimant blessée. Souvent le thème de la discorde est le plat de poulet :

– Mais si, prends-en, insiste ma grand-mère.

– Jamais de la vie, gronde ma mère.

Et le thème de « jamais de viande » repart, la dispute suit.

Non, tout cela n'existera plus.

Alors à bout d'argument, je dis à ma grand-mère :

– Mais là-bas, la mer est de l'autre côté, vers le Sud !

– Et alors, rit-elle, ça t'empêchera de nager ?

J'ai fait comme si tout cela n'était qu'une invention et n'arriverait pas en vrai jusqu'à leur départ. Pourtant, il y a trois mois déjà, ils ont déménagé toutes leurs affaires dans un grand container qui, par camion puis bateau, a rejoint Toulon. Et ma grand-mère a pris l'avion pour récupérer tout cela.

Moi je n'ai plus assez de larmes malgré toutes ses promesses de vacances ensoleillées avec des pains au chocolat au bord de la mer. Non, je veux manger des zlabias devant une mer dirigée vers le Nord, avec ma grand-mère à portée de voix. Elle est mon ancrage dans les choses simples et lumineuses. Obligée à la résignation, je lui ai chipé un mouchoir qu'elle venait de repasser, je l'ai caché sous mon oreiller et tous les soirs je chasse les choses tristes de ma tête avant de m'endormir en respirant cette odeur familière laissée par le fer chaud.

Mon grand-père n'a pas pu partir en même temps. Il doit encore travailler quelques mois. En attendant son départ, il habite chez nous, et leur chien aussi, un beau berger allemand nommé Érasme. Je pavoise en sa compagnie devant les copains dans la cour. Ils en ont peur ! Quand il se met debout en appuyant ses pattes avant sur nos épaules pour nous lécher le visage, il nous domine ! Ça terrorise les autres, même le grand Alain, notre chef de guerre. Pourtant, il veut juste nous montrer son affection. Et moi, il m'obéit au doigt et à l'œil. Il a été dressé.

Hélas, les trois mois sont déjà passés, cette période aussi va prendre fin.

Mon grand-père aujourd'hui même, ce vendredi, a célébré son départ à la retraite : un grand repas a été organisé par la mairie puisqu'il en est le secrétaire général, après la première partie de sa vie dans le corps médical de l'armée. Le théâtre a été choisi comme cadre de la fête. Avec ses dorures et ses grands rideaux rouges et or Napoléon III, il est grandiose !

– Ariane, tu passeras m'embrasser en sortant de l'école, m'a proposé mon grand-père.

Mon école est juste en face. Je n'ai que quelques mètres à faire. J'ai poussé timidement les lourds battants de l'entrée. Les fauteuils des spectateurs ont été retirés depuis longtemps car il n'y a plus de représentations depuis le début de la guerre. De grandes tables occupent tout l'espace. L'air est saturé de fumée, j'ai aperçu mon grand-père, la cigarette à la main, penché en avant dans un élan de conviction :

– Mais je te dis que vous partirez tous, tous ! assène-t-il à son interlocuteur.

– Non, répond l'autre. Toi, tu as décidé de partir. Nous, on a nos fermes. On les tient de nos parents, de nos grands-parents. Jamais on ne les abandonnera, jamais, tu m'entends, Aimé ? Et puis qu'est-ce qu'on irait faire là-bas, tu peux me le dire ?

– On ne te demandera pas ton avis, répond mon grand-père. Ce sera ça ou… Et il a passé son pouce sur sa gorge d'un geste éloquent. La valise ou le cercueil ! Cette semaine, mon voisin, Amrane, est venu vers moi au moment où je sortais du bureau et m'a dit : « Tu ne vas plus garer ta voiture au garage. Plus jamais ». Tu sais, le garage que j'ai au début de la route de Millesimo. Il n'y passe pas grand monde. Voilà, si on te dit ça, tu comprends et tu ne discutes pas. Je n'irai plus jamais au garage ! Mais tu crois qu'il y aura toujours un Amrane pour te prévenir ?

À ce moment, un de ses amis lui a fait signe de se taire tout en me désignant du doigt. Je suis arrivée derrière lui et je l'ai entendu dire ces choses affreuses. J'ai l'habitude d'entendre raconter à mots couverts des histoires d'assassinats, de représailles, depuis des années. Mais alors on n'a pas le choix entre ça et le départ ? La valise ou le cercueil, c'est aussi pour nous ? On n'a fait de mal à personne !

Mon grand-père m'a attirée par le cou pour m'embrasser, tout le monde me connaît et m'a souri. Je suis une habituée de la mairie, je monte souvent saluer mon grand-père en sortant de l'école. Quand il est occupé, Farid, le *chaouch*, m'arrête et me dit :

– *Yemchi*, va-t'en. Je lui dirai que tu es passée.

Il m'a proposé du gâteau. En mangeant, je lui ai demandé :

– Moi aussi, je vais partir ? Vraiment partir ?

– Ne t'occupe pas de cela. Laisse les adultes décider, c'est difficile, tu sais.

Et comme chaque fois que ce thème me vient à l'esprit, je l'ai chassé comme une incongruité imbécile, comme si on m'expliquait que le soleil ne se lèverait plus. Toute la journée, à l'école, pendant les jeux, la lecture, j'oublie tout cela. Non je ne l'oublie pas vraiment, mais je peux me forcer à l'ignorer.

Et puis, ils se trompent peut-être tous, la guerre s'arrêtera et nous pourrons continuer notre vie habituelle, tous ensemble.

En attendant ce jour béni, tout en avalant les tranches de gâteau que mon grand-père me tendait, j'ai observé tous ces hommes assis, préoccupés de leur avenir proche, appuyant leurs convictions les uns sur les autres pour se donner du courage. J'ai senti leur inquiétude. En fait, ils se donnent des airs bravaches, sûrs d'eux, et prodiguent des conseils à leurs amis pour masquer leur propre incertitude.

Et moi, de quoi suis-je sûre ?

Mercredi 24 janvier 1962

Mon professeur de français est une jeune femme qui vient juste d'arriver de France. Une métropolitaine, comme nous disons avec une pointe de condescendance. Elle est drôle, elle a un petit accent. Les autres professeurs, qui ne sont pas nés ici, ont aussi cet accent, mais elle, plus que les autres. Avec Leïla, on évite de se regarder sinon c'est le fou rire. Surtout pendant les dictées : elle s'évertue à prononcer avec des tonalités différentes les *o*, *au*, *hau*, *ho* pour nous éviter des fautes. « Pauauaul » insiste-t-elle. Pourquoi pas Pol ? Elle est ridicule. La *povre*... Pourquoi parler ainsi ? « Il y a » martèle-t-elle, en séparant exagérément chaque syllabe, pour lutter contre nos « y'a » « t'y as vu » « t'y as qu'à ». Et les accents graves et aigus ! Pour les graves, elle fait une petite bouche pincée en cul-de-poule et pour les aigus, ses lèvres forment un rectangle parfait, tel qu'on voit ses gencives. Et nous, on fait encore plus de fautes car on perd notre temps à décoder le message.

Elle n'est là que pour un an, la « povre ». Je la plains, obligée de rentrer dans sa fade France toute verte, sa mission terminée. Il paraît qu'ils viennent chez nous pour être mieux payés, mais certains ne repartent plus. Papa a plusieurs collègues dans ce cas. Ils trouvent l'Algérie si belle !

Jeudi 25 Janvier 1962

Le soir, dans mon lit, les questions reviennent. La vérité essaie de dominer. Je dois lutter contre le présent, mais aussi contre les souvenirs. Afin que des réponses indésirables ne s'imposent pas à mon esprit.

Un souvenir revient souvent. Deux ans auparavant, alors que je me rendais un jeudi matin à la répétition de la chorale à l'église, j'avais vu un attroupement devant le kiosque à musique. Un kiosque à musique très XIXe siècle, en fer forgé, digne d'une ville d'eau. Ce jour-là, les personnes présentes n'écoutaient pas de la musique. Il n'y avait plus de concert depuis le début de la guerre. Je me frayai un chemin jusqu'au premier rang et je vis plusieurs corps ensanglantés adossés au muret. Des Arabes. Les femmes pleuraient, se lamentaient, se griffaient le visage. Les hommes étaient silencieux, les mâchoires serrées. Des militaires, la mitraillette au côté, les empêchaient d'approcher. Je regardais fixement, guettant un mouvement de ces corps, un battement de paupières. Ils étaient tout à fait morts ? Un militaire s'approcha de moi :

– Va-t'en, petite. Ce n'est pas de ton âge.

Je résistai un peu, fixant ces corps affalés. Mais il me poussa par l'épaule alors j'obéis sans broncher. Je poursuivis ma route jusqu'à l'église et participai à la réunion de la chorale sans rien dire. Et les autres firent de même. Enfants comme adultes. Pourtant nous avions tous vu ce spectacle à cent mètres de là.

En rentrant chez moi, je me précipitai sur mes parents pour leur raconter. Ils étaient furieux et écœurés. Mon père m'expliqua qu'il s'agissait de fellaghas tués au cours d'une embuscade.

– S'ils s'imaginent que cela va servir d'exemple et qu'ils vont dissuader les autres de prendre le maquis, ils se trompent lourdement. Ce sera l'effet contraire ! Ils ne rendront les corps aux familles que demain.

Toute la journée, j'entendis mes parents gronder contre ces attitudes de barbare. Ils se disputèrent avec un voisin venu sonner à notre porte et qui, lui, se glorifiait !

– Quel abruti ! conclut mon père en claquant la porte derrière lui. Et Farida, et Chemla qui ont dû entendre ça ! J'en ai honte d'être Français.

Farida est notre femme de ménage. En fait, elle est plus que cela. Elle s'occupe de nous tous : elle me donnait ma douche quand j'étais petite, prépare la plupart des repas, s'ingénie à trouver un aliment ou une boisson susceptible de plaire à ma mère quand celle-ci demeure au lit des journées entières, me recommande la patience quand cette situation m'exaspère. Farida, toujours bienveillante, souriante, maternelle, souvent silencieuse…

M. Chemla est notre voisin de palier. Il est directeur d'école, ma mère dit que c'est très rare pour un « indigène ». Il vient fréquemment boire l'apéritif à la maison, seul, sans sa femme. Ma mère le taquine régulièrement.

– Vous la cachez ? Parce qu'elle est jolie ?

Parfois la discussion devient acerbe sur ce point, ma mère l'attaque sur son machisme. Et lui se justifie en invoquant les coutumes. N'empêche que je ne me souviens pas avoir vu sa femme dehors. Il est vrai que, voilée, je ne la reconnaîtrais pas entre toutes.

Le lendemain de cette macabre affaire, nous jouions à la guerre, toute la bande de gamins, au sortir de l'école, comme d'habitude. Divisés en deux camps, nous nous tendions des embuscades.

Et ce jour-là, le jeu se termina avec plusieurs d'entre nous mimant les fellaghas abattus, à demi empilés les uns sur les autres contre un muret…

Ces événements ont une sorte de logique dans la journée : c'est la guerre. Les militaires nous défendent. Ces fellaghas avaient pris le maquis. Ils avaient peut-être tué des innocents, des hommes qui n'avaient comme tort que de cultiver leur champ.

Le soir, la réflexion s'élargit. Le combattant ensanglanté retrouve son statut d'homme avec sa volonté, sa légitime exigence de choix de vie, de liberté. Et nous sommes catholiques, nous allons à l'église. Nous n'avons pas le droit de tuer. Comment concilier ces réflexions ? Je me sens perdue, perplexe. Inutile que je pose des questions. Mon père me répondra :

– N'y pense pas Ariane, ce n'est pas de ton âge. C'est suffisamment compliqué comme ça. Et tellement triste.

Ça ne m'éclaire pas.

Ou alors, il va m'expliquer des guerres anciennes : la sienne, la Seconde Guerre mondiale. Il va me raconter comment il a été fait prisonnier avec plusieurs de ses spahis en Tunisie par les Allemands, comment ils ont réussi à prendre la fuite à la faveur d'une panne du camion qui les transportait. J'aime bien quand il me raconte, mais ça ne m'aide pas à comprendre ce qui se passe autour de nous. Il le sait bien d'ailleurs. Lui et moi ne sommes pas dupes. Je lui laisse imaginer qu'il m'apporte une explication. Et lui fait semblant de penser que je le crois.

Je préfère encore qu'il me parle des guerres puniques. Il paraît qu'elles sont très anciennes. Tite-Live que mon père me fait traduire, en parle, c'est dire ! Pourtant elles me semblent beaucoup plus proches de moi. Elles se sont déroulées dans notre coin. Plusieurs rues de la ville portent le nom des batailles, des généraux : rue Zama, rue Scipion. On devait être très célèbres à l'époque.

Finalement, ce qui se passe, c'est comme les guerres puniques. La paix reviendra. Peut-être que je me réveillerai demain et que mes parents tout souriants me diront :

– Ça y est, Ariane, la guerre est finie. Plus de couvre-feu ! On peut aller au cinéma !

Samedi 27 janvier 1962

Atmosphère de branlebas de combat à la maison : la couturière, Sarah, s'est installée pour une semaine dans notre salle de séjour. Elle est là du matin au soir, affairée derrière la machine à coudre, avec des piles de tissu posées sur le canapé, des patrons en papier de soie étalés sur la table.

Dans les autres familles, la maman coud les vêtements, au moins ceux des femmes et des enfants. Pas chez moi. Ma mère a horreur de tout travail ménager, quel qu'il soit. Ma grand-mère désapprouve ces dépenses inutiles. Ça ne trouble pas maman qui, très affairée, discute avec Sarah le choix des modèles pour elle et moi, en feuilletant les journaux *Modes et Travaux*.

Plus que jamais, je file à l'extérieur dès mes devoirs terminés. Je déteste les nombreux essayages que l'on m'impose. J'y mets toute la mauvaise volonté possible, me déhanche, me tortille. Sarah pince les lèvres, agacée. Ma mère s'énerve :

– Mais enfin, on sera bien avancées quand la robe sera terminée et qu'elle ne t'ira pas !

Farida me dit en douce en riant :

– Plus tu rechignes, plus il y a d'essayages.

Aujourd'hui maman est d'autant plus de mauvaise humeur après moi que j'ai traîné longuement en rentrant de mon cours de maths. C'était tout à fait prémédité pour tenter de leur échapper.

Autre inconvénient de ces jours consacrés à la couture : il manque toujours un petit quelque chose, que ce soit pour la couturière ou pour ma mère, pour peu qu'elle ait un bouton à recoudre et décide de le faire elle-même. Alors on m'envoie faire la course chez la mercière.

C'est une vieille dame maigre, à chignon rachitique, visage immuable, sévère, derrière un grand comptoir en bois mouluré, brillant, lustré par des années de frottement des tissus. Derrière, des étagères impeccables, avec des rouleaux de tissu parfaitement alignés, rangés par impressions et par matières. À côté, des enfilades de rouleaux de galons, biais, passepoils, rubans, dans un doux chatoiement, des cartons de boutons, des fermetures Éclair pendues par tailles et coloris. Tout ceci évoque un monde sensuel, coloré, fait de toucher velouté. *Devrait évoquer*, car il n'en est rien.

La seule présence de ce petit être maigre au teint bistre derrière ce comptoir rend tout le reste austère. Elle ne devrait vendre que des tissus noirs et gris pour deuil, des laines rêches pour orphelin, bannir ces chatoyants rubans faits pour retenir des mèches folles sur un front.

La personne derrière le comptoir devrait être grassouillette, rieuse, avec des pommettes roses et un air gourmand en assortissant votre métrage de biais à votre tissu. Elle vous rendrait belle rien qu'en plaçant la pelote de laine duveteuse au coloris tendre devant votre visage.

– Ouiiii, dirait-elle, l'air ravi de sa trouvaille, c'est exactement ce qu'il vous faut.

Non, ce n'est pas du tout comme ça que ça se passe.

Je pousse à deux mains la lourde porte vitrée. Le soleil n'arrive pas à percer jusqu'au fond de la boutique, il y fait toujours frais. Je reste immobile quelques secondes, attendant que mes yeux s'habituent à cette pénombre.

Elle est debout derrière son comptoir, comme si elle savait que j'allais venir.

– Que veux-tu, petite ?

– Du fil blanc.

– Bobine ou fusette ?

– Je je… ne sais pas.

Je réponds difficilement, toute rouge, prise en faute.

– Alors, va demander à ta maman.

– Oui.

Je bredouille et fuis pour prendre une grande respiration dehors.

Je retourne à la maison pour m'entendre répondre avec un haussement d'épaules excédé :

– Bobine !!! Ce que tu peux être empotée, ma chérie !

Retour à la boutique.

– Tergal ou coton ?

Retour à la maison, haussement d'épaules, retour à la boutique…

– Blanc pur ou blanc cassé ?

Retour…

Il lui arrive ainsi de me faire faire jusqu'à quatre aller-retour avant d'avoir enfin l'article dans un petit sac papier. Et moi, je me sens fautive de ne pas savoir répondre. Je ne m'insurge jamais de ce qu'elle ne me pose pas toutes les questions en une seule fois ! Elle est trop intimidante. Chaque fois que l'on m'y envoie, je sais que le déroulement sera le même. Le pire ce sont les fermetures Éclair : longueur, coloris, acier ou plastique, séparables ou non, visibles ou invisibles ? C'est moi qui voudrais alors être invisible. Je me sens tellement bête de ne jamais savoir répondre.

Quand Sarah officie, mon père lui-même n'ose quasiment pas entrer dans la pièce de couture, appelant ma mère la « Mulier Imperativa » et s'esquive donner ses cours de latin à côté, échappant à cette atmosphère saturée de femmes. Et moi, je file sans attirer l'attention, referme la porte sans bruit, me rue dans l'escalier pour ne pas entendre crier mon nom, retrouve ma joyeuse bande dans la cour et me jette sur ma bicyclette.

– Alors Ariane, c'est pas encore fini tes robes ? C'est à cette heure-ci que tu descends ? gouaillent mes amis.

Jeudi 1er Février 1962

Mon amie Francine est venue dormir à la maison. Elle n'a pas arrêté de pleurer. Son oncle était agriculteur, on l'a retrouvé égorgé dans son champ. Je le connaissais, il s'exprimait très mal en français, il cherchait ses mots, faisait des fautes. Il parlait arabe toute la journée depuis sa naissance avec le personnel de sa ferme. Oh ! c'est une petite ferme, avec des champs de blé et quelques orangeraies. C'est un de ses employés qui l'a découvert dans une flaque de sang.

Francine a répété à mes parents en reniflant :

– Papa lui disait toujours « prends au moins une arme avec toi si tu veux continuer à aller travailler tout seul ! » Lui répondait chaque fois : « Mais non, qu'est-ce que tu crois que je risque ? On se connaît depuis ma naissance avec tous les Arabes de mon coin. On a été à l'école, on a fait les couillons ensemble et tu veux qu'ils me tuent maintenant ? ». Et il riait !

Ma mère a proposé à sa famille que Francine vienne quelques jours chez nous. Ses parents sont souvent absents avec cette horrible histoire. Nous nous sommes assises toutes les deux par terre dans une petite pièce de l'appartement, mon cagibi, où je range mes jouets et mes livres. Je lui ai tenu la main et lui ai murmuré : « Tu veux des tranches de patate douce ? Un *Makroud* ? » Elle a fait non de la tête. Alors nous sommes restées silencieuses côte à côte. Je n'ai pas su quoi lui dire pour la consoler.

J'ai repensé à nos jeux, dans la cour, avec tous les autres. Alain, un des plus âgés de la bande, décide souvent du thème du jour. C'est le chef ! Quand on en a assez de faire du vélo et du patin, souvent les deux en même temps, il nous sépare en deux camps : les légionnaires et les fellaghas. Les légionnaires car ils sont plus beaux avec leurs képis blancs, plus impressionnants que les militaires du contingent.

Sur son signal, chaque camp tient conseil, on fait des plans, on imagine l'embuscade à tendre, puis on se disperse en courant. En ce moment des travaux ont lieu et des montagnes de parpaings sont entreposées dans un terrain vague à côté de notre immeuble. Nous pouvons nous y cacher, organiser des embuscades, grimper puis fondre sur l'ennemi. Alain, le plus hardi, joue le cascadeur, Michèle et Robert courent plus vite que tout le monde, en faisant de brusques voltefaces quand ils vont être rattrapés. Nous sommes insatiables de ce labyrinthe tombé du ciel.

De temps à autre, l'un de nous arrive avec des détails macabres qui alimentent notre imagination : il y a eu un assassinat dans leurs proches, ou ils ont entendu parler de… Nous nous répétons ce que les grands disent à mots couverts, en baissant la voix. Des meurtres horribles, le couteau, encore et toujours. Des familles encerclées dans leurs maisons, le feu pour les en faire sortir puis le meurtre.

Et nous construisons un nouveau scénario sur ce thème.

Évidemment aujourd'hui, je n'ai pas pu rejoindre les autres. Au côté de Francine, j'ai mis un visage sur ce qui, dans d'autres circonstances, aurait été un fait divers anonyme, puis un thème de jeu.

Découvrir la haine dans un regard familier, quotidien : l'oncle de Francine a dû vivre cela avant de mourir. Du coup, j'essaie d'imaginer Farida en tueuse… Farida qui vient chaque jour entretenir la maison, s'occuper de moi, faire mon repas quand c'est trop de travail pour ma mère. Pourrait-elle un jour, comme cela, prendre un couteau et me tuer ? Non, impossible, pas elle.

Ou alors on m'attaquerait dans la rue.

À force d'anticiper, l'imagination joue des tours. Un jour, en rentrant de l'école, j'avais repéré un homme marchant derrière moi. Il allait du même pas, accélérait, ralentissait en même temps que moi. Nous étions presque arrivés devant notre immeuble. Mon cœur battait à toute allure. Le moment était arrivé, je le savais bien, c'était l'instant où le couteau pénétrerait dans mon dos ! N'y tenant plus, je m'étais mise à courir. J'avais ouvert la lourde porte de notre immeuble, toujours suivie par lui, grimpé les marches deux à deux et, dans mon élan, m'étais cognée à notre porte au premier étage. Alors aussitôt celle-ci entrouverte, j'avais osé me retourner, personne n'était derrière moi. Par-dessus la rambarde, j'avais vu l'homme taper tranquillement à l'une des portes du rez-de-chaussée. J'avais construit un film. Enfin je suppose, car je n'ai vu que deux films dans ma vie.

Mais comment savoir à l'avance si c'est un film ou la réalité qui nous rattrape ?

Jeudi 8 février 1962

Aujourd'hui maman s'est aperçue que je n'étais plus à jour dans mes vaccins. Elle a donc décidé que nous irions sans tarder chez le docteur Bedrif. Nous

nous connaissons bien. C'est un ami de mes parents et nous nous voyons chaque semaine. Maman passe souvent l'après-midi avec sa femme Myriam à papoter sur les uns et les autres en tricotant. Je vais rarement à son cabinet. Il ressemble à un *fondouk* comme on en voit dans les contes orientaux, les chameaux en moins. C'est un bâtiment avec une grande cour intérieure et des arcades. Elle est remplie de femmes avec des enfants, quelques hommes. Et des chiens, des chats qui vont et viennent. Tous sont assis par terre, accroupis sur leurs talons, le long des murs. Des bébés, calés entre les jambes de leur mère, pleurent, tètent. Personne n'utilise les chaises de la salle d'attente officielle, pas même les Français, qui préfèrent les margelles des arcades.

Comme dit maman avec résignation : « On sait quand on arrive, on ne sait pas quand on part. »

Notre ami assure tous les soins, la petite chirurgie comme les accouchements. Alors on a intérêt à être patient. Justement, à peine arrivées, une personne assise là nous a informées qu'une femme venait d'entrer dans le cabinet pour un accouchement.

– Vu comment elle crie, le bébé ne va pas tarder à sortir ! a-t-elle ajouté en riant. Elle est venue en calèche de son *douar*, elle a failli arriver trop tard. Tu vas voir, on ne va pas attendre longtemps !

En effet, des cris sortaient régulièrement de la salle d'examen. Tout le monde avait les yeux rivés sur la porte, en retenant son souffle. Et puis il y a eu

un cri de nouveau-né et les femmes ont échangé un sourire de connivence en levant les mains :
– *Inch' Allah* !

À un moment donné, la porte s'est entr'ouverte, sans que personne ne sorte. Peut-être était-elle mal fermée. Un des chiens qui furetait dans la salle d'attente, allant de l'un à l'autre en agitant la queue, s'est faufilé dans l'entrebâillement. Personne n'y a prêté attention. Au bout de quelques minutes, on l'a vu ressortir comme une flèche, la gueule refermée sur une chose sanguinolente, et se sauver vers la rue ! On est tous restés la bouche ouverte sur un « ohhh » de surprise, puis un homme, le père, est sorti du cabinet et a annoncé à la cantonade :
– J'ai un fils !

Hommes et femmes l'ont félicité, en français et en arabe. Un homme a ajouté :
– Mais le chien qu'est-ce qu'il avait dans la gueule ?

L'homme a éclaté de rire :
– Le placenta ! Il l'a volé dans la bassine du toubib !

Tout le monde s'est mis à rire avec lui. On bavardait tous les uns avec les autres, sans se connaître.
– C'est l'effet accouchement ! a dit maman plus tard.

Mardi 13 février 1962

J'aime bien aller à l'école en général. Pas pour l'école elle-même, bien sûr, mais pour tout ce qui est autour, comme les marchands ambulants. On les retrouve au coin de chaque rue. Ceux qui m'intéressent le plus sont sur la place, devant le portail de l'école. Leurs petites carrioles en bois, au plateau séparé en alvéoles, débordent de sucreries. Une guimauve rose et verte s'enroule autour d'un fuseau. Des sucettes fabrication maison, rouge translucide, sans emballage papier, sont plantées dans un fond de boîte métallique retournée, perforée. Les cacahuètes sucrées forment des petits dômes. Des billes de chewing-gum montrent des coques de sucre craquelé. Les rouleaux de réglisse, les bonbons en gomme en forme d'avion, d'ourson sont agglutinés entre eux par la chaleur. Le marchand les sépare à petits coups de manche d'un vieux couteau.

Ce sont toujours de vieux bonshommes qui poussent ces carrioles. Avant de nous servir, ils regardent la monnaie que chaque enfant montre à tour de rôle, la paume ouverte et ils estiment la quantité de bonbons à laquelle on a droit. Timidement, je désigne du doigt ce que je veux. Ils chassent les mouches agglutinées, il y en a tant que la guimauve, surtout elle, c'est la préférée des insectes, n'est visible que par interstice et il en coupe un ruban avec un vieux ciseau tout collant. Quand vous avez reçu votre part, il vous dit « *Rlass, Yemchi !* » avec un geste de débarras de la main. Ils ne savent pas le français et moi, je ne parle pas arabe. On peut aussi, si on n'a pas assez d'argent, avoir seulement le droit de quelques coups de langue sur une sucette... Plusieurs enfants attendent ainsi leur tour, en rang d'oignon. Un jour, une copine qui passait par là m'a fait remarquer que j'étais la seule Française au milieu d'enfants arabes, certains pieds nus. Je n'y avais jamais pensé.

J'ai une pièce d'argent de poche chaque semaine. En me la donnant, ma mère me dit parfois :

– Tu vas chez Bonnette t'acheter du créponné ?

Bonnette est le pâtissier français dans le centre de la ville, et le créponné un sorbet au citron onctueux, merveilleux. Je hoche la tête pour ne pas trop me compromettre ; mais avec la même pièce, j'aurais droit à une boule de créponné chez Bonnette, alors que chez le marchand ambulant, je peux chaque jour avoir un cornet en papier journal rempli de bonbons. Il me faut juste surveiller que personne de mon entourage ne me voie.

Parfois, je préfère les beignets et les *zlabias*. Un marchand a son échoppe entre l'école et ma maison. C'est un renfoncement dans un mur, à un mètre de hauteur, entièrement carrelé, sol et murs. Le marchand est assis en tailleur par terre, pieds nus, un chèche autour de la tête avec un pan de tissu retombant qui lui sert à s'éponger le front, devant une bassine de friture grésillant sur un braséro. Des cuvettes en émail contenant de la pâte sont disposées autour de lui. Il en prend dans l'une d'elles, la fait tournoyer entre ses doigts d'un mouvement léger et sûr, forme un disque de plus en plus fin sans le déchirer. Il le jette alors dans l'huile, le retourne avec une spatule plusieurs fois et sort un beau beignet craquant, doré. Il le saupoudre de sucre et vous le tend dans une feuille de papier journal.

Ça, je peux l'avouer chez moi, c'est propre, autorisé. Ma mère me demande parfois d'aller lui en acheter et me recommande de me tenir à distance : si cette bassine d'huile bouillante instable sur le braséro à trois branches se renversait, le marchand serait brûlé, mais aussi les enfants venant chercher leur beignet à la sortie de l'école. Là aussi j'ai remarqué que je suis la seule Française.

Un marchand de figues de barbarie passe en été sous nos fenêtres en criant : «*Ao el andi*». Il a le même âge que moi, il boitille. Il fait une chaleur d'enfer, la rue est déserte à cette heure de sieste. Ma mère me donne des pièces, une assiette vide et m'envoie acheter des fruits. Les coques vertes sont hérissées de piquants. Un chiffon dans une main pour se protéger, un couteau dans l'autre, il incise la peau en croix et dégage prestement le fruit de sa coque. Ma mère et moi, assises en tailleur sur le lit, les toiles tendues devant la fenêtre pour nous protéger du soleil, nous mangeons les fruits jaunes d'or, en évitant les nombreux pépins.

Mercredi 21 février 1962

Couleur pastel.

J'ai la nausée. Toute ma vie j'aurai la nausée en entendant ou en voyant ces mots. Juste par association d'idées.

Cet après-midi, je me suis rendue chez Myriam, l'amie de ma mère, en sortant de l'école. Maman m'avait dit de la rejoindre là-bas. Mais je suis arrivée avant elle. Myriam était allongée sur une chaise longue dans son jardin.

– Viens Ariane, assieds-toi à côté de moi. Profite de ce beau soleil d'hiver. Ce n'est pas au mois d'août qu'on pourra en faire autant, on se mettrait à bouillir. Ta mère va arriver.

Elle a posé à côté d'elle le journal de mode qu'elle lisait avant mon arrivée. Machinalement je l'ai pris et j'ai commencé à le feuilleter. J'ai trouvé Myriam bizarre. D'habitude elle dit des blagues sans arrêt. Là elle est restée silencieuse me regardant de côté, avec l'air hésitant. Puis elle s'est décidée.

– Ariane, tu as remarqué que ta mère change d'humeur en début d'après-midi et que vers dix-sept heures elle redevient comme d'habitude ?

Je suis restée silencieuse. Mes oreilles bourdonnaient, j'avais des sueurs. J'ai obstinément continué à tourner les pages du journal. Oui, je l'ai remarqué : elle est agitée, jusqu'à la violence. Et vers quatre ou cinq heures, ça va mieux. Quand je suis à l'école, je ne vois pas la transition. Mais les jours de congé, il y a toujours ces moments difficiles en début d'après-midi. Je le sais, mais confusément, sans y avoir réfléchi.

Et là, j'ai pressenti que j'allais avoir l'explication. Mon malaise disait mieux que tout que j'avais deviné la cause sans vouloir me l'avouer.

Myriam a continué sans paraître voir mon trouble.

– Ta mère se drogue. C'est le manque qui la rend agressive. Et quand elle a eu sa dose, elle se calme.

La tête baissée, je ne voulais pas la regarder. Peut-être pouvais-je interdire à mes oreilles d'entendre ?

Elle a continué :

– Elle se pique à la morphine tous les jours. Ce n'est pas la peine d'en parler à ton père, il le sait. Je te dis tout cela pour que tu informes ton grand-père. Il n'y a que lui qui peut arrêter cette habitude. Il a de l'autorité. Moi, je ne le connais pas assez pour l'aborder sur ce thème.

Devant mes yeux baissés, elle a insisté :

– Tu m'entends Ariane ? Tu dois l'informer. C'est très, très important.

J'ai juste fait oui avec le menton, pour qu'elle se taise. Je ne voulais pas pleurer.

Dans le magazine, de jolies photos défilaient sous mes yeux : des jeunes femmes habillées de rose, bleu ciel, vert pâle, jaune poussin, beige rosé. Le numéro était consacré aux couleurs pastel.

J'étais encore dans cette position quand maman est arrivée tout sourire, puisqu'il était 17 h 15. Myriam et elle ont parlé avec entrain. Moi, j'ai mis le gâteau sec qu'elle m'offrait dans ma poche. J'avais la nausée. J'ai demandé la permission de retourner à la maison en prétextant mes devoirs.

Que faire ?

Vendredi 23 février 1962

Je ne pouvais plus me raconter que je ne savais pas. Et mon grand-père partait bientôt. Alors il me fallait être sûre.

Je me suis retrouvée seule à la maison en rentrant de l'école. Ma mère était sortie, mon père était en plein cours de latin et Farida était rentrée chez elle. Je me suis mise à tout fouiller. Où pouvait-elle cacher cette morphine ? Connaissant maman, elle ne devait pas avoir cherché une cachette bien compliquée.

J'ai très vite trouvé une boîte à chaussures en carton dans son armoire. Je l'ai ouverte doucement comme si quelque chose allait me sauter au visage. Elle était remplie de grosses ampoules avec des embouts métalliques. Il y avait écrit « Chlorhydrate de Morphine ». C'était comme dans un roman.

Je décidais d'oublier que maman était en cause. J'étais le commissaire chargé de l'enquête. J'avais la pièce à conviction. J'ai tout remis en place. Après réflexion, j'ai décidé d'en parler tout de même à papa.

Je suis allée le chercher à la fin de son cours :

– Ah, Ariane, tu es là, tu as fait ta version de Pline ?

Je ne lui ai pas répondu, mais je l'ai pris par la main :

– Viens avec moi, je vais te montrer.

Il m'a suivie dans la chambre, m'a regardée ouvrir l'armoire, puis la boîte, sans mot dire. J'ai posé la boîte devant lui, silencieuse moi aussi. Il m'a prise dans ses bras.

– Je sais tout cela, Ariane. Ne juge pas. C'est compliqué, tu sais. Ta mère a pris l'habitude de ces calmants quand elle souffrait de ses reins, et maintenant elle ne peut plus s'en passer.

– Il faut le dire à Grand-père. Myriam me l'a demandé.

– Non, ton grand-père va bientôt nous quitter pour la France. Laisse-le partir sans tracas supplémentaire. Il est déjà bien assez triste de tous nous quitter, quitter tout cela – avec un geste circulaire vers l'extérieur. Oublie, ça va s'arranger avec le temps.

Et nous sommes sortis de la pièce, moi accrochée à lui.

Lundi 26 février 1962

Mon grand-père est parti hier pour la France. C'était très dur. Il essayait de se composer un visage, de sourire, mais ses yeux étaient désespérés, et par moments, avaient un éclat de colère. Colère contre la vie et son déroulement, qui l'obligeaient à quitter son pays pour échapper à la guerre. Nous le comprenions. Son meilleur ami est venu le chercher pour l'accompagner au bateau. Nous nous sommes sentis très seuls.

J'ai beau sourire, courir, jouer avec les autres dans la cour, je suis triste au fond de moi.

Surtout le soir dans mon lit. Je ne peux pas m'empêcher de pleurer. Le mouchoir de ma grand-mère éponge mes larmes. Je ne peux plus être heureuse ! Mes grands-parents, ma tante Claire qui n'a que quelques années de plus que moi, sont en France, si loin. Je ne les verrai presque plus. C'est impensable, comment faire ? Et moi, je ne veux pas, je ne peux pas aller habiter là-bas. D'ailleurs mes parents ne parlent jamais de départ pour nous. On ne commente que les projets de départ des autres. Ça veut dire que nous restons, non ?

Les années précédentes, pendant les vacances scolaires, Claire revenait de Paris où elle poursuivait ses études de dessin. Oh, pas tous les congés, bien sûr, cela aurait été trop coûteux. En général à Noël en plus des mois d'été.

Elle a fini tout ce qu'elle pouvait faire en Algérie comme étude. Elle a eu son bac littéraire au lycée

Mercier de Bône. Sans avoir eu de préparation particulière, elle a passé le concours d'entrée réputé difficile au lycée Claude Bernard section dessin, à Paris, et elle l'a eu ! On est tous très fiers. Au début, elle n'a pas du tout aimé cette immense ville, n'a pas pu s'adapter à sa nouvelle vie. Il paraît que le passage en solitaire du mode guelmois au mode parisien est un choc. Pourtant ma grand-mère l'avait accompagnée et était restée quelques semaines avec elle, pour adoucir la transition. Moi, j'ai bénéficié de plusieurs nouveautés. Lors des premières vacances scolaires, à Noël, elle est rentrée avec, dans sa valise, des trésors : deux 45 tours de Jacques Brel et deux numéros du journal « L'œil du décorateur ». J'ai eu un choc « émotionnel et culturel », a dit mon père. Jacques Brel chante dans les cabarets ; sur ces disques, il y a les chansons « Sur la place », « Le diable », entre autres. Je n'ai jamais entendu avant ce genre de musique, de poésie. J'ai été conquise. Rien à voir avec les ennuyeux thèmes et nombreuses variations de Weber et autres au piano ! Ces chansons sont vivantes, elles racontent la vraie vie. Et je continue à les écouter car Claire me les a offerts. Mais ça me fait encore plus pleurer. Et dans les journaux de décoration, il y a les meubles de Knoll, la table tulipe blanche, les fauteuils Breuer, tout cela mêlé harmonieusement à des meubles anciens. Je voudrais tout cela ! Je me vois y vivre. Je me ferai construire une maison à patio, une maison mauresque, là, sur le terrain vague en face de chez moi, et j'y mettrai ces meubles.

J'ai découvert que penser à cela me permet de m'endormir, alors c'est devenu mon rêve de tous les soirs, quand je suis fatiguée de pleurer. Je ne suis jamais entrée dans un musée, je n'ai jamais vu une vraie bibliothèque, je n'ai vu que quelques films, des péplums, je ne connais que les meubles de notre menuisier. La petite librairie de la ville avec ses journaux et ses quelques dizaines de livres représente à mes yeux le summum du paradis. Alors j'écoute et réécoute les deux disques jusqu'à connaître par cœur le moindre frottement des doigts sur les cordes de la guitare du grand Jacques. Je lis, relis religieusement les moindres mots qui encadrent les photos des journaux. Je peux réciter les articles. J'ai même appris par cœur la liste des membres du comité de rédaction en tête du journal : ces gens-là doivent forcément être extraordinaires.

Passé mon moment d'exaltation, je me retrouve seule. Je ne peux même pas même imaginer mes grands-parents dans leur nouvelle vie inconnue de moi, entourés de gens inconnus dans des lieux inconnus. Mon Dieu, quelle folie, ce départ !

Je ne passe plus devant leur maison, je me débrouille pour la contourner. Pourtant, je suis née là, dans cette maison carrée, sur la place du monument aux Morts. Une maison avec, sur la grande terrasse sur le toit, un appentis plein de chaises longues, de parasols, et même, cachées dans un placard, quelques vieilles bandes dessinées. Des « Aggie », des « Pieds nickelés ».

Puisque je suis née là, je ne dois pas partir. C'est simple.

Jeudi 1er mars 1962

Il y a une autre couleur qui me renvoie toujours à un même souvenir qui remonte à mes 10 ans : le kaki. Aussitôt s'imposent à moi, en très gros plan, les mailles en jersey d'un pull-over. Pourquoi en gros plan ? Parce que mon visage est écrasé sur ce pull.

Il était 21 h 30 passées. Tout est dans ce dépassement horaire de 21 h, l'heure du couvre-feu. Mes parents et moi, entraînés par le bavardage familial, avions quitté mes grands-parents plus tard que prévu et nous traversions le centre-ville dans notre 4 CV. Le trajet ne durait que quelques minutes car la ville est petite. Tout à coup des coups de feu éclatèrent. Ils étaient très proches, autour de nous. D'un côté de la rue, je voyais des militaires embusqués dans un café, fermé à cette heure. De l'autre côté, rien. Tout cela alla très vite. Mon père pila net et arrêta la voiture au milieu de la rue. Il me cria de me jeter sur le plancher, ce que j'avais déjà fait, bien entraînée par toutes les recommandations du quotidien. Ma mère avait, sur les genoux, un lustre rapporté de chez mes grands-parents. Pour se mettre elle-même au sol, elle le balança vers l'arrière de la voiture. Il atterrit sur ma tête. Je ne fus pas blessée, mais empêtrée dans les branches ! Puis mes parents changèrent d'avis : ils décidèrent de sortir de la voiture et de courir se mettre à l'abri dans le café. Ils joignirent l'acte à la parole et me crièrent de les suivre. J'avais du mal à me dépêtrer du lustre et surtout j'étais un peu hébétée, je comprenais au ralenti les ordres au milieu du bruit de fusillade. Je finis par sortir de la voiture et je restai debout à côté de la portière. Je réalisais être seule, mes parents étaient déjà dans le café, croyant que je courais derrière eux. Je restais là, immobile, ne sachant quoi décider. On me criait des paroles que je ne comprenais pas. Finalement, je vis jaillir à côté de moi un militaire qui m'attrapa dans ses bras comme un sac, me plaqua contre sa poitrine et courut vers le café. Moi je ne me posai aucune question, toujours hébétée, j'analysai les détails du pull kaki. Je n'avais jamais pensé à regarder un tricot d'aussi près. C'était joli, ces petits V dessinés par la maille jersey. Il me déposa devant mes parents, affolés de m'avoir laissée derrière eux. Mon père s'accusa d'avoir agi sans réfléchir. Il remercia le soldat qui fit un geste vague et retourna à son poste. Moi je n'ouvrais pas la bouche, analysant ce qui venait de se passer. Alors, c'était vrai, ça n'arrivait pas qu'aux autres ces histoires. Les coups de feu, ce n'était pas toujours loin, dans le djebel Debagh ou la Mahouna. C'était aussi là, autour de nous. Il n'y eut pas de blessé ou de mort ce soir-là chez les militaires. Chez les fellaghas, je ne le sais pas.

J'ignore à qui je suis débitrice de ma vie. Au fellagha qui a eu dans sa ligne de visée une enfant interdite et qui n'a pas tiré ? A-t-il réfléchi au risque pris ou a-t-il agi par réflexe ce militaire qui s'est élancé au milieu de la rue, pour me récupérer ? Tout cela a été si vite. Un seul instant m'a paru long, tranquille, intéressant : mon observation du pull.

Mercredi 7 mars 1962

Le mercredi est le jour du cours de maths. Heureusement le jeudi il n'y a pas d'école. Ça compense !

Mes camarades trouvent que j'ai beaucoup de cours et que je ne peux pas descendre jouer aussi tôt et aussi souvent qu'eux. C'est sûr, tout cela est vraiment rasant. Mais comme pour le piano, je me suis fait une raison. Il faut en passer par là.

À l'école, j'ai le même professeur de maths depuis la sixième, et c'est une catastrophe. Nulle comme enseignante, aigrie, revancharde, injuste, laide. Donc je prends des cours particuliers depuis que je suis petite avec une collègue de mon père. Et là c'est tout le contraire. Une femme magnifique, type Romy Schneider dans Sissi, d'origine alsacienne, blonde aux yeux bleus pétillants, toujours le sourire aux lèvres. Sourire qui sait devenir goguenard quand je réponds n'importe quoi pour me débarrasser. Tout le monde, collègues et élèves, est amoureux d'elle, mon père comme les autres. Je vois bien qu'il fait le malin devant elle quand il vient me chercher parfois. Il fait des jeux de mots, il plaisante, il rit. Pas comme avec le professeur de piano, où là, les discussions sont sérieuses, on fait assaut de culture, on analyse l'influence de la musique sur la littérature et vice-versa ! Alors, bien sûr, ma mère ne tarit pas de critiques et de sous-entendus à son égard, sur son passé, son présent et même son futur, qui ne pourra être que désastreux en raison de ce fameux passé mystérieux, qu'elle ne veut pas préciser, se contentant de pincer les lèvres d'un air entendu. Je suis sûre que tout est inventé. Et comme il n'y a pas d'autre professeur de maths, elle est bien obligée de me laisser y aller !

Je ne peux pas beaucoup rêvasser pendant ses explications, elle veille ! Je suis obligée de suivre. Mais j'adore faire le trajet pour y aller ! Elle habite une petite maison à l'opposé de notre appartement. Ça me paraît loin. En réalité, vu la taille du quartier français, c'est tout près. Nous vivons confinés dans un carré de 1 km de côté. Moi, je trouve cela normal, mais, pendant des vacances en France, j'ai vu qu'on pouvait aller n'importe où, à n'importe quelle heure. J'étais inquiète, mes parents m'expliquaient quotidiennement qu'on avait le droit, que nous étions en sécurité, je n'arrivais pas à les croire tout à fait surtout quand la nuit nous surprenait encore à l'extérieur. Qu'est-ce qui empêchait un fellagha d'aller en France ?

Je dois longer un grand champ à la limite de la ville. Rien que cela me donne une impression de liberté. Il n'a pas beaucoup d'herbe, surtout des petits buissons d'alfa, personne ne pourrait s'y cacher ! Alors je me sens en sécurité. C'est aussi le lieu d'atterrissage des hélicoptères durant les opérations militaires, car l'hôpital est tout près. Si cela se produit en ma présence, je reste plantée là en oubliant l'heure du cours. Les blessés sont installés sur des civières recouvertes d'un cockpit, en dehors de l'habitacle. L'idée d'être transportée ainsi si j'étais blessée me terrorise. Voir le vide sous soi... De quoi mourir de peur avant d'arriver à l'hôpital. Tout le monde court. Les militaires sortent en se baissant et commencent à descendre la civière avant que les pales ne soient complètement arrêtées.

Ces moments où la guerre fait irruption dans mon quotidien me passionnent. Je suis le témoin de l'histoire, celle qui est racontée dans les journaux, et plus tard dans les livres. Ce n'est plus le récit à mots couverts des adultes, mais un vrai événement. Les jours suivants, je guette pour savoir s'il y a une cérémonie au monument aux Morts, juste sous les fenêtres de mes grands-parents. Ça signifie peut-être que ce blessé est mort. Le défilé des légionnaires au pas cadencé, très lent, portant les cercueils de leurs camarades sur leurs épaules, est impressionnant. La sonnerie aux morts m'arrache des larmes. Quand je suis seule, je m'exerce à la chanter bouche fermée en nasonnant pour faire la trompette. Ainsi je suis prête pour faire le fond musical quand nous imitons un enterrement après une embuscade avec les amis dans la cour.

Mais, je ne peux jamais observer très longtemps. Mes parents s'inquiètent vite et je me fais gronder en arrivant à la maison.

Dimanche 11 mars 1962

Dimanche ! Jour de la messe ! J'aime bien parce que je chante dans la chorale. Nous sommes en haut, dans la tribune. Mon professeur de piano tient l'orgue. Elle me l'a déjà fait essayer et m'a même promis qu'un jour, quand j'aurai fait des progrès, elle me laisserait jouer pendant la messe. La tête que va faire la grosse Anne-Marie qui ne peut pas me sentir quand elle me verra derrière le clavier ! J'en rigole déjà ! En vrai j'aurai très peur de me tromper.

Seulement ma mère m'oblige à porter une robe avec un jupon empesé ! Horreur : chaque dimanche c'est la même histoire. Il faut porter une tenue « comme il faut ». « C'est comme ça », conclut-elle devant mes récriminations toujours renouvelées. Le jupon tout particulièrement me révolte. Il encombre les gestes et sa matière raide pique la peau. Mais j'ai trouvé la solution. J'obéis, je le mets et, arrivée au rez-de-chaussée de l'immeuble, je l'enlève et je le cache en boule dans le vasistas d'une cave. Je dois juste faire attention à ce que ma mère ne me regarde pas partir par la fenêtre. Elle s'étonne parfois le soir de ce que le jupon soit plein de traces noires.

Une fois sortie de l'église, je n'ai plus rien à faire : plus de déjeuner chez mes grands-parents puisqu'ils sont partis. Je regrette les disputes entre ma mère et ma grand-mère, alors que sur l'instant, cela m'exaspérait. Alors je « fais le cours » pendant quelques minutes. « Faire le cours » est une activité dominicale importante chez nous. Les Français de France ne peuvent pas comprendre : cela consiste à monter puis descendre, puis remonter, puis redescendre, etc. la rue principale, le cours Sadi Carnot, où sont les quelques boutiques. Les filles font ça en groupe, en se tenant par le bras et en riant très fort. Les garçons tiennent leur cigarette d'un air crâne et viril et discutent avec leurs amis. Les deux groupes s'envoient des coups d'œil en biais à chaque croisement. De temps en temps, un garçon ou une fille abandonne son groupe et entre chez le pâtissier s'acheter un cornet de créponné. Moi je préfère dépenser mes sous chez le marchand ambulant arabe.

Ma grand-mère disait que bien des mariages se sont faits comme ça. Zohra, sa bonne, claquait alors la langue en faisant « tssss » d'un air désapprobateur et l'interrompait en me désignant :

– Au lieu de raconter ces vilaines choses, dis-lui que les filles de bonne famille doivent rester tranquilles à la maison.

Avant, j'avais aussi mon cours de latin le dimanche après-midi avec mon père. Oui, un dimanche après-midi et en plus, dans un transformateur électrique ! Mon père faisait partie des Unités Territoriales, les UT comme on dit. Les civils, qui avaient déjà fait leur service militaire, rendossaient leur uniforme, ceinturaient une arme de service et allaient prendre un jour et une nuit de garde régulièrement, dans un poste désigné, une zone sensible. Ce n'était pas un choix, mais une obligation. En l'occurrence, il s'agissait d'un transformateur situé à l'entrée de la ville dans une zone un peu isolée. Mon père, enseignant, prenait son tour de garde les samedi et dimanche.

Le dimanche après-midi, je partais donc le rejoindre en vélo, mes livres et cahiers de latin ficelés sur le porte-bagages. Il n'était pas tout seul. Plusieurs autres hommes étaient de garde avec lui. Et il y avait aussi Érasme, le berger allemand. Ça lui faisait du bien de courir et puis on pouvait espérer qu'il aboie en cas de mouvement suspect.

Nous nous installions dans un coin pendant que les autres jouaient aux cartes, faisaient la sieste. Sauf celui dont c'était le tour de garde. Mon père commençait par corriger le précédent devoir et concluait, philosophe : « bon, je mets 16/20 à Monsieur Moi-même… ». Car il m'aidait souvent à faire le travail que lui-même m'avait donné. On entamait alors la nouvelle leçon de grammaire, une étude de texte, Cicéron, Virgile, César et la guerre des Gaules, Pline. J'aimais bien quand ces textes parlaient du pays alentour : les guerres puniques, la vie de Jugurtha. Je retrouvais les noms de nos rues. J'étais fière !

Mais maintenant c'est terminé : depuis le putsch d'Alger, il y a un an, il n'y a plus d'unité territoriale, mon père n'est plus obligé de monter la garde. Donc plus de cours de latin au transformateur. Mon père m'apprend le latin à la maison, comme les autres. C'est ennuyeux.

Une fois, un épisode comique, mais qui aurait pu se terminer en drame, avait égayé ces gardes. Mon père et son équipe, car c'était le chef en tant que sergent-major, gardaient la sous-préfecture alors qu'une fête s'y était déroulée la veille. Ce qui les avait mis de mauvaise humeur. Ce n'était pas un point stratégique à proprement parler. Le lendemain après-midi, en pleine chaleur, le sous-préfet et les notables de la ville souhaitèrent faire un tour d'inspection des UT. Pas de chance ! Mon père avait décidé que tout le monde se reposerait. Il comptait sur le chien pour monter la garde et aboyer en cas de problème. Mais notre berger allemand, malgré sa génétique, était plus amical qu'agressif, et, quand le sous-préfet arriva, il lui fit la fête. Mon père et son équipe furent donc pris en flagrant délit de sieste, sommés de se mettre au garde-à-vous, arme au côté, pour encaisser les remontrances et les annonces de punition. Seulement voilà, ces hommes, mon père en tête, avaient conscience du service rendu à leur patrie bien après avoir exécuté leur service militaire et n'avaient plus l'âge de se faire remettre au pas. Mon père s'avança pour prendre la parole et protester en termes vigoureux. La sécurité de sa mitraillette n'était pas mise, une rafale partit et balaya le sol devant les pieds de la délégation… Il faillit se trouver mal devant l'énormité de sa maladresse. Il fut mis aux arrêts de rigueur. Heureusement, sa notoriété et celle de mon grand-père transformèrent le jugement du tribunal militaire de prison en simple résidence à la maison. Et encore, durant ce temps, il assura ses cours normalement. On lui ordonna simplement de ne pas se montrer en ville.

Je suis fière du pays où j'habite. Il me semble prestigieux puisque déjà les Anciens en parlaient. Mais je sens confusément que je n'en fais pas totalement partie. Je suis blanche, catholique. Les Arabes sont beaucoup plus nombreux que nous. Pourtant je suis née ici et mes parents avant moi, mes grands-parents, mes arrière-grands-parents, mes arrière-arrières… aussi. Alors ? Les premiers arrivés dans notre famille, au siècle dernier, venaient d'Italie, de la région de Naples. Mais les Arabes qui m'entourent viennent d'ailleurs eux aussi, d'Arabie au temps de Mahomet. Avant eux, il y a eu les Phéniciens, les Romains. Les Berbères, les Juifs sont là depuis des temps immémoriaux. La religion chrétienne a été dominante à une époque, avant que les Arabes n'envahissent le pays. Alors qui est chez lui réellement ? Tous !

Hier après-midi, je suis descendue jouer très tôt et pour une fois, j'étais la première. Je rêvassais, assise sur un haut parapet, en balançant les jambes le plus vite possible pour m'occuper. Je me suis interrompue d'un coup en voyant passer Khadija, une des femmes de ménage de l'école, habillée d'une robe colorée, un foulard étroitement noué sur la tête. La question quotidienne s'est imposée à moi de nouveau : « Qui est chez elle ici, dans ce pays ? Elle ou moi ? Elle, la musulmane voilée dans la rue ? Moi, la chrétienne blanche ? » J'ai secoué la tête pour chasser cette pensée. La réponse m'a toujours semblé une évidence, inutile donc de la formuler. Je vis dans cette coexistence depuis ma naissance. Et pourtant, à cet instant, dans une fulgurance, j'ai su que j'allais partir. « Une de nous est désormais de trop et c'est moi ».

J'ai embrassé d'un coup d'œil circulaire ce qui m'entourait avec passion et douleur. Puis, j'ai chassé de ma tête cette idée folle qui l'avait traversée. D'ailleurs les cris des copains annonçaient leur arrivée.

Le problème me dépasse. Je suis née ici, toute ma famille aussi. C'est tout. Je ne connais que ces couleurs, ces sons. Cet air qui coule sur mes joues est le seul. Je veux, je dois oublier mon pressentiment d'hier.

Jeudi 15 mars 1962

Aujourd'hui jeudi, nous sommes allés faire des courses à Bône. C'est vraiment la corvée ! Pas d'aller à Bône, mais de devoir accompagner maman dans les boutiques de mode.

J'aime faire le trajet en voiture entre Guelma et Bône. Enfin, cela dépend des saisons. Quand les blés sont hauts, j'ai peur. Des fellaghas pourraient être cachés à proximité de la route et nous arrêter. Nous n'avons pas d'arme. Papa ne la prend jamais en dehors de ses jours de garde aux UT.

Alors quand nous longeons les grands champs, je suis crispée, je scrute les épis : n'y a-t-il pas un mouvement suspect par là ? Une ondulation alors qu'il n'y a pas de vent ?

Je n'y tiens plus, je dis à mon père :

– Va plus vite, accélère !

Et mon père obtempère sans me poser de question. Je sais bien qu'il sent comme moi. Il ne dit rien pour ne pas m'effrayer.

Je connais le trajet par cœur, les villages que nous traversons, le col du Fedjouz, la vallée de La Seybouse. Je suis sûre qu'il n'y aura jamais une autre route que je connaîtrai aussi bien de toute ma vie. En fermant les yeux, je peux voir chaque tournant. Mes camarades me disent que c'est faux, je ne peux pas me souvenir de chaque détail. Pour se moquer, ils me demandent de décrire chaque caillou ! L'endroit que je préfère, c'est la fontaine chaude. Je ne peux que l'apercevoir, à une centaine de mètres de la route. Je me souviens y avoir pique-niqué quand j'étais toute petite. Je rêve de retourner le long de ses berges, mieux encore, de m'y baigner.

Plus jeune, je demandais à ce que nous nous arrêtions. Bien sûr, mes parents refusaient, l'endroit était trop isolé. À la longue, j'ai arrêté de réclamer, mon père ralentit et je me contente de la fixer brièvement, intensément quand nous passons. C'est un grand bassin rond d'environ trente mètres de diamètre construit par les Romains sous Trajan. Ça, c'est mon père qui me l'a expliqué. De nombreuses sources l'alimentent en eau chaude. Ses parois s'effondrent doucement. On distingue des traces de mosaïque que personne n'a jamais préservée. Des artisans ont construit cet ouvrage il y a des centaines d'années et sans qu'un soin y soit apporté, il est toujours présent. Des roseaux l'ont colonisé.

Mon père affirme que des lions venaient y boire jusqu'au milieu du XIXe siècle.

Des lions ! Ces animaux peuplaient toute l'Afrique du Nord et ont disparu au moment de l'installation française. Sans doute la colonisation en cultivant les terres et en les chassant a contribué à leur disparition. Un lion, c'est beau, mais je ne regrette pas qu'il n'y en ait plus. Les fellaghas, ça suffit comme ça pour nous empêcher de nous promener.

Ce très beau lieu était un but de baignade et pique-nique avant que la guerre, « les événements » ne commencent. Sur de vieilles cartes postales, on voit de belles dames élégantes en crinoline et ombrelle, entourées d'enfants en col marin, s'y promener. Moi, je ne peux que la voir fugacement, de loin. Des enfants arabes, des petits bergers avec leurs chèvres sont assis sur les berges. Ils se lèvent pour regarder passer la voiture. Ils m'envient sans doute et moi, je suis jalouse de cette belle liberté sûrement apparente.

Chaque fois, je me promets : « Moi aussi je viendrai me baigner là un jour. »

Lundi 19 mars 1962

Dès la porte franchie à mon retour d'école, j'ai claironné « Maman » comme chaque jour. Mais aujourd'hui, mes parents ont accouru vers moi avec fébrilité. Ma mère pleurait, mon père avait les joues rouges.

J'ai crié :
– Il y a encore un putsch ?

Du coup, ils ont éclaté de rire.
– Mais non, c'est le cessez-le-feu !

Devant mon silence mon père a précisé avec un sourire émerveillé de gamin :
– Cela veut dire que la guerre est finie !
– Il n'y aura plus de bruit des mitraillettes dans la montagne la nuit ?
– Tu les entends ? a demandé mon père.

Je ne leur en ai jamais parlé. J'imaginais les militaires, là-bas, dans l'obscurité. Parfois même il me semblait les entendre hurler, appeler leur mère quand ils étaient blessés. Mais cela n'était pas possible, je le savais bien. J'imaginais, je transposais ce que je lisais.
– Eh bien tu n'entendras plus cela, finies les embuscades dans les djebels ! a-t-il continué sans attendre ma réponse.

J'entendais ce mot de cessez-le-feu depuis des mois, mais je n'avais pas trop essayé de le comprendre. Je ne comprenais pas bien la différence avec le putsch. Là aussi des hommes, des militaires avaient soi-disant trouvé la solution pour arrêter les événements, comme on disait.

Je me souvenais bien de tout : c'était en avril, l'année dernière. Ambiance dramatique. J'étais rentrée de l'école à 11 h 30 pour trouver ma mère les yeux rouges, assise par terre dans sa chambre devant le poste de radio. Mon père regardait le sol avec insistance. Devant ma question : « Qu'est-ce qu'il se passe ? », il avait hoché la tête, avait ouvert la bouche, n'avait émis aucun son, avait hoché de nouveau la tête. Ma mère avait pris sa relève.

– Il y a eu un putsch. Des généraux ont pris le pouvoir.

J'étais restée silencieuse, essayant de comprendre. Mon père s'était résigné à parler, lentement, de manière hachée, il cherchait ses mots :

– Des généraux, ils sont quatre, sont mécontents du président de la République, le général de Gaulle. Ils veulent que l'Algérie reste française. Alors ils ont fait un coup d'État. Ça veut dire qu'ils ont pris le pouvoir en Algérie. L'armée leur obéit.

– Nous aussi ?

– Je n'en sais rien. S'ils réussissent, tous devront leur obéir. Comme tout le monde n'est pas d'accord, il y aura encore une guerre, une autre guerre. Il y a le FLN, et maintenant ça en plus, poursuivit-il d'un ton amer. Encore des morts. De toute façon, ils ne réussiront pas. C'est impossible. Il n'y a qu'une petite partie de l'armée qui les suit.

Je restais silencieuse, j'essayais de comprendre. Puis finalement j'avais dit à mon père :

– Comme Napoléon ?

Il avait eu un vague sourire.

– Oui, c'est ça, comme le 18 Brumaire.

Pendant tout le repas, ils n'avaient fait qu'en parler tous deux. Les noms de Salan, Challe, Jouhaud, Zeller étaient revenus sans cesse. Je n'avais pas vraiment écouté. Qu'est-ce que ça pouvait bien changer pour moi que ces gens-là ne soient pas d'accord ? Je comprenais les attentats, ça, c'était bien réel. Mais que des généraux ne soient pas contents d'un président, c'était grave ?

Une voisine était passée nous voir. Elle aussi avait les yeux rouges et avait fini par éclater en sanglots au bout de quelques mots. « Non, non on ne s'en sortira jamais de toutes ces histoires, tous ces morts ! »

Le jour suivant, puis tout le dimanche passèrent de la même façon : tout le monde discutant avec tout le monde. Lors du déjeuner dominical, j'avais vu la colère froide de mon grand-père. Il était militaire à la retraite et ne pouvait concevoir cette scission chez des généraux, des hommes qui avaient fait de l'obéissance un devoir. Mon père, d'accord avec lui sur le fond, était moins entier :

– Ils ont tort, mais de Gaulle ne doit pas oublier que lui aussi a su désobéir en 1940 en organisant la résistance à partir de l'Angleterre. Il n'a pas accepté l'armistice. L'issue des combats a fait de lui un héros. Il aurait pu tout aussi bien finir fusillé.

Les rôles étaient inversés, car dans les discussions habituelles du dimanche, mon grand-père haïssait de

Gaulle pour sa « trahison des pieds-noirs », surtout depuis le referendum à l'autodétermination et mon père était profondément persuadé que l'indépendance était une décision inévitable, dans le sens de l'histoire.

Le lundi, j'étais retournée à l'école. Les mêmes mots fusaient des bouches des maîtresses rassemblées devant le portail. Elles parlaient toutes en même temps. Aucune ne jetait un coup d'œil aux élèves qui entraient. Plus tard, après la sortie, aucun des enfants n'eut l'autorisation de leurs parents d'aller jouer dehors. Morose, j'avais dû me contenter de ma demi-heure de piano journalière après mes devoirs et puis de lecture en écoutant les allées venues de toutes ces dames de l'immeuble, commentant les informations heure par heure.

Le mercredi, à mon retour, ma mère, souriante, m'avait dit :

– Ça y est, c'est fini. Les généraux ont été arrêtés. Le gouvernement a repris les choses en main.

– C'est mieux ? Tu es contente ? avais-je demandé.

– – Bien sûr !

– Tu veux que l'Algérie ne soit plus française ?

– Ce n'est plus possible, tu sais, qu'elle reste française. Alors au moins qu'il n'y ait pas de nouveaux morts en plus.

Épisode terminé, mes parents étaient soulagés. Pendant ces heures de commentaires fiévreux, Farida était présente, s'occupant ici et là dans la maison, silencieuse à son habitude. Comme si tout cela ne la concernait pas. Pourtant il s'agissait de son pays. Mais en tant que femme et en tant qu'Arabe, elle avait doublement l'habitude du silence. Même avec nous qui étions si proches.

Donc, pour en revenir au cessez-le-feu, la guerre est finie.

– Mais, insistais-je auprès de mon père, ce sont les Français qui ont décidé ça, les militaires ?

– Non, nos dirigeants politiques, le général de Gaulle après discussion avec les chefs nationalistes algériens.

– Les fellaghas parlent avec De Gaulle ?

– Pas exactement, leurs chefs, leurs représentants. C'est ce qu'on appelle en histoire la résolution politique d'une guerre après négociation.

– Pourquoi on ne fait pas ça au début de la guerre, avant qu'il y ait plein de morts ?

– Parce que c'est comme ça. On commence par se taper dessus, puis on discute, a-t-il conclu avec un sourire amer.

Alors parce que les dirigeants ont décidé entre eux, la guerre allait vraiment s'arrêter ? Mais, comment et quand les fellaghas le sauront-ils au fond de leurs djebels que la guerre est finie ? Il va y avoir encore des morts avant que ces consignes ne soient respectées. Je suis perplexe. On peut arrêter une guerre comme ça ? D'un coup de baguette magique ?

Jeudi 22 mars 1962

Nous parlons beaucoup du cessez-le-feu avec les autres enfants. La plupart du temps, les discussions sont hachées, en continuant à courir pour nous attraper, en tournant autour des gros poteaux de soutènement de l'immeuble.

– Oui ma mère dit que maintenant on peut faire tout ce que l'on veut, on peut sortir le soir, on peut aller se promener dans la campagne et même monter à La Mahouna.

– Des « c…, interrompt un autre. Mon père dit que ça ne changeait rien. Tu bouges, tu risques un coup de couteau !

– D'ailleurs, hein, ils ont gardé le couvre-feu.

J'essaie de donner mon avis, mais je ne suis pas sûre de moi, je n'ai pas compris grand-chose.

– Ils sont obligés d'obéir à De Gaulle !

– Ah oui et pourquoi ? Qu'est-ce qu'ils en ont à faire les fellaghas de De Gaulle ?

– De toute façon, mon père dit que les OAS, ils ne vont pas laisser faire ça, reprend un autre.

C'est vrai, il y a aussi l'OAS. Depuis le putsch, j'entends de plus en plus souvent parler de ces gens-là. Mes parents ne les aiment pas beaucoup. À chaque annonce de plasticage, je les entends gronder :

– Comme si ça ne suffisait pas, tous ces morts depuis le début de la guerre ! se lamente ma mère.

– Ils veulent prendre la suite des généraux après l'échec du putsch. Ils ne comprennent pas que l'indépendance est dans le sens de l'histoire ? Personne ne peut empêcher cela, même s'ils plastiquent des villes entières. Bandes d'ignares ! tempête mon père.

Le soir dans mon lit, j'ai essayé de réfléchir à tout cela. Tout changera, vraiment ? On pourra sortir où on veut, quand on veut ? L'école continuera malgré le cessez-le-feu ? Évidemment oui. Et dans la rue ? Risquera-t-on encore quelque chose en ville ? N'y aura-t-il pas des personnes qui ne sauront rien de cela et qui seront toujours prêtes à envoyer une grenade ? Aurai-je le droit de jouer n'importe où dans la cour de l'école ? Même près des murs ? Pourra-t-on aller au cinéma ? Comment se comporter, faudra-t-il encore obéir aux consignes de sécurité des parents ? Et la nuit, pourra-t-on sortir ? Le couvre-feu sera-t-il supprimé ? Les chicanes de fil de fer barbelé seront-elles retirées dans les rues ? Pourrai-je monter dans les ruelles de la ville arabe, aller jusqu'au théâtre romain ?

D'un coup une nouvelle question m'a fait me dresser : les militaires vont-ils partir ?

Je me suis levée et ai presque crié ma question à mes parents, qui, l'air gêné, ont parlé avec hésitation :

– Non pas tout de suite, les choses vont s'organiser.

– Mais après, oui ? Et quand après ?

– Mais Ariane, m'a dit mon père avec tristesse, l'Algérie ne sera plus française à partir du mois de juillet, l'indépendance sera proclamée. À partir de ce moment-là, nous ne serons plus en territoire français. Les militaires rentreront chez eux.

J'ai renoncé à chercher tout ce qui changerait. Je ne voulais pas entendre la conclusion. Qu'ils ne me disent pas que nous aussi nous allons partir en France. J'ai préféré retourner dans mon livre.

Samedi 24 mars 1962

Je me remémore les consignes de sécurité que mes parents m'ont apprises dès le début de la guerre, j'avais six ans. Ne pas fréquenter les ruelles désertes, surveiller si quelqu'un marche derrière vous, être vigilant, regarder sous son siège avant de s'asseoir dans un lieu public, jouer au centre de la cour d'école au cas où une grenade serait lancée par-dessus un mur, ne pas rester derrière la porte d'entrée d'un appartement en cas de bombe. Et puis d'autres choses que j'ai un peu oubliées.

Désormais je vais pouvoir marcher, marcher sans contrainte, flâner ? Regarder des vitrines en passant, n'importe où ? Comme avant ? Même une chose aussi simple, vous n'y avez plus droit pendant la guerre. Il y a les rues barrées, totalement interdites. Il y a les nombreuses chicanes de barbelés, laides, agressives qui vous font décrire des Z : à l'entrée d'une rue, devant un bâtiment public, partout. Parfois un ou plusieurs militaires y sont postés et contrôlent les papiers. Pas pour nous les enfants tout de même. Du moins pas les enfants français.

Quand les enlèveront-ils ?

Quand je me trouve dans une ruelle un peu déserte, je marche avec des regards circulaires par-dessus mon épaule. Je m'écarte légèrement en passant devant une porte cochère. Quelqu'un armé pourrait s'y cacher. Tout se mêle dans ma tête : ce que j'ai lu en cachette dans « la Dépêche de Constantine » avant que les parents ne m'enlèvent le journal des mains : « Laisse, tu auras bien le temps plus tard de lire ces horreurs », ce que j'ai entendu les grands se raconter quand ils baissent la voix à mon passage en m'ordonnant d'aller jouer plus loin, la discussion surprise entre deux femmes, ce que j'en ai saisi avec mon arabe approximatif. Leurs airs écœurés, accablés me disaient l'horreur des propos.

Ce n'est pas prudent d'être dans cette ruelle. On doit me suivre, m'attendre, me guetter là ou là. Non plutôt là. Et tout d'un coup, affolée, une boule dans la gorge, je cours jusqu'à la rue suivante, plus fréquentée. Mais où vaut-il mieux marcher ? Le long du trottoir, pour ne pas être trop près des autres passants. Oui, mais des rebelles passant en voiture peuvent lâcher une rafale de mitraillette. Longer les murs ? Oui, mais il y a les boutiques. On peut y lancer une grenade. Quelqu'un peut s'y cacher et m'asséner un coup de couteau. Alors selon ma dernière réflexion ou plutôt mes dernières peurs, j'alterne les trajets. Finalement je fais un crochet par une ruelle pour quitter la rue principale. Là au moins je contrôle. Oui, mais au bout d'une minute, le cerveau recommence à évaluer les risques.

Enfin, j'approche de la maison. Mais cet homme derrière moi était déjà là il y a quelques minutes. Il me suit. Il doit avoir un couteau, c'est sûr. Alors au dernier moment je me jette sur la porte de mon immeuble, je grimpe les étages sans regarder derrière, et j'entre en trombe chez moi. Là seulement, je regarde derrière pour voir si la porte s'ouvre doucement.

Finies, ces précautions ? Donc je pourrai marcher sans préoccupation n'importe où, dès demain ? Dès aujourd'hui ? Je n'oserai pas. Je ne peux pas oublier tout cela d'un jour à l'autre parce qu'il y a le cessez-le-feu. Il me faudra du temps, voir ce qu'il se passe.

Dimanche 25 mars 1962

Quand on joue avec les amis, quand on se cache parmi les parpaings du terrain vague, là, on est vaillants. On invente des guets-apens compliqués. On part d'un fait réel. Le *chaouch* qui a dit à mon grand-père, d'un air grave, intense, les yeux rivés aux siens :

– Tu ne vas plus garer ta voiture dans ton garage, dans la rue du haut. Plus jamais.

Et mon grand-père qui a rendu le même regard intense à ce vieux serviteur, et sans poser une question a répondu :

– J'ai compris, je n'irai plus.

Le médecin qui s'apprêtait à aller faire un accouchement dans la ville arabe et qu'un voisin arrêtait :

– Pose ton sac. Aujourd'hui tu ne vas pas là-bas. Rentre !

Et là aussi, le médecin a obéi sans questionner.

Avec les amis, dans la cour, l'incident, la menace dévoilée sont d'excellents thèmes. On fait les équipes, on monte un scénario, on développe les dialogues, chacun ajoute un détail, parfois on se dispute. Puis chaque clan monte son embuscade, comme dans un film.

Mais une fois les amis quittés, dans le noir de la chambre avant de m'endormir, le thème se développe autrement : peut-être la menace ne concerne-t-elle pas seulement mon grand-père, mais toute la famille. Pour un enfant aussi ? Pourtant un enfant ce n'est pas important, ça ne sert à rien dans une société. Je l'interprète comme ça pour me rassurer…

Tout de même, il faut que je sois méfiante, cessez-le-feu ou pas.

Mardi 10 avril 1962

Ces deux derniers jours, on a eu chaud !

Kamal, le petit dernier de notre voisin, Monsieur Chemla, avait un gros rhume depuis quelques jours. Et puis brutalement, hier après-midi, il s'est mis à respirer de plus en plus mal. Heureusement, comme le papa travaille sur place, puisqu'il est le directeur de l'école où nous habitons, sa femme est allée le chercher pour avoir du secours. Il est arrivé en courant et a appelé ma mère à la rescousse, pendant que le plus grand de ses fils, Majid, allait chercher le Docteur Bedrif notre ami, avec mission de le ramener immédiatement.

Nous, les enfants, alertés par les cris, étions tous dans l'escalier, à guetter les bruits. On a entendu la maman pleurer, dire à son enfant de respirer… Et le petit, entre deux râles sifflants prononcer « *Youma, youma !* ». C'était affreux.

Bedrif est arrivé en courant, son gros sac à la main. Majid avait su lui expliquer l'urgence !

En passant, il a grommelé à notre égard :

– *Yemchi !* Allez-vous-en !

Puis le calme est revenu dans l'appartement. On a entendu des ordres brefs. Surtout la voix de Bedrif. On devinait que les autres lui obéissaient. Nous retenions notre respiration, il n'y avait plus un bruit dans l'escalier. Au bout d'un long, très long moment, Bedrif est ressorti. Il avait le sourire aux lèvres. Il s'est arrêté en haut de l'escalier, nous a considérés d'un œil goguenard :

– Ah ! vous êtes toujours là ! Allez, ça va bien ! Le petit va bien ! Et vous ne perdez rien pour attendre, demain je vous fais à tous un sérum antidiphtérique.

Et il s'est retourné vers l'appartement en criant à l'intérieur :

– Suzanne, vous comptez tous les enfants de cet immeuble, vous me commandez autant de sérums à la pharmacie, et vous les convoquez tous chez vous demain à 17 h. Je passerai les piquer.

On s'est regardé par-dessous, on ne s'attendait pas à ça. Qu'est-ce que ça pouvait être un sérum antidiphtérique ? Une piqûre comment ? Dans la gorge ? On n'était pas fiers, mais aucun n'a posé de question. On n'allait pas montrer notre peur. On regardait le plus vieux, le chef, Alain. On ferait comme lui.

Un moment après, maman est sortie et nous a tout raconté. La trachéotomie sur la table de la cuisine, c'est un trou que l'on fait dans la gorge, puis on place un tube pour pouvoir respirer. Ils n'avaient plus le temps d'aller à l'hôpital, question de minutes pour sauver l'enfant. Kamal était tellement soulagé de respirer qu'il n'a pas eu mal, il paraît. Quand Majid a expliqué à Bedrif que son petit frère n'arrivait plus à respirer, il a tout de suite compris que c'était la diphtérie car il avait eu plusieurs cas ces derniers jours. Plus tard, une ambulance est venue chercher Kamal accompagné de sa mère pour l'emmener à l'hôpital. Il ne peut pas rester à la maison tant qu'il a ce tuyau dans la gorge. Le calme est revenu et nous avons quitté l'escalier pour la cour.

Cet après-midi, comme prévu, nous étions tous rassemblés devant la porte de notre appartement, moi dans la file comme les autres. Bedrif est arrivé et nous a dit :

– Bon, c'est bien, vous êtes tous là ?

Devant notre assentiment, il a répété :
– C'est bien, parce que je n'ai pas beaucoup de temps. Je vais vous faire une piqûre sous la peau du ventre. Ça fait un peu mal. Pas grand-chose. Sinon vous risquez d'avoir la diphtérie vous aussi.

Alain est passé le premier. En sortant, il était un peu rouge, mais nous a dit d'un air crâne :
– Ça va, c'est rien, allez-y !

Alors on s'est succédé rapidement, à la queue leu leu.
À la fin, Bedrif a avalé rapidement un café que lui tendait ma mère et il est parti aussi vite qu'il a pu, en maugréant :
– J'ai laissé la salle d'attente pleine jusque dans la rue.

Nous, on était fiers de nous. Pas un n'avait pleurniché.
Alors ce soir, le thème du jeu, c'était l'épidémie de diphtérie dans la population, et nous les médecins. Nous allions dans toutes les maisons opérer les enfants malades et les sauver. Ah, c'était bien !

Mardi 17 avril 1962

Les vacances de Pâques sont là déjà ! Mes parents ont décidé que nous irions les passer dans le village de Bugeaud où mon parrain est prêtre.

Bugeaud est un petit village de montagne, dans le massif de l'Edough. Très petit, deux ou trois commerçants alimentaires. Il est situé à l'extrémité est de la petite Kabylie, au-dessus de la ville de Bône. Situé sur une arête de la montagne à 900 m d'altitude, sa façade Nord tombe directement dans la mer de manière impressionnante. Entouré de forêts de chênes-liège, il est souvent enneigé l'hiver. Pour nous, habitués à la sécheresse, c'est très exotique ! Une partie de sa population porte le même nom : Samtmann. Ils sont installés là depuis le siècle dernier. Certains sont des Alsaciens ayant fui la domination allemande en 1870. Ils ont participé à la création de ce village.

Mon parrain, l'abbé René Sidey a la charge de cette paroisse. Les Arabes du village l'appellent affectueusement Ben Sidey. Il est heureux d'habiter là car l'air est beaucoup plus sain que dans la plaine, il n'y a pas de paludisme. Comme il a attrapé cette maladie quand il était jeune, il espère en guérir. En tout cas, il a moins de crises. Son presbytère jouxte l'église et le camp militaire. Une garnison est là en permanence.

Les habitants sont en majorité des agriculteurs. Ils sont en danger dans leurs champs, mais aussi dans leur village. Eh bien c'est là que nous passons nos vacances en dehors de l'été. Mes grands-parents désapprouvent cette prise de risque, mais ma mère est têtue et n'en démord pas.

S'y rendre est déjà une aventure. Pas question d'y aller tranquillement en voiture, à son rythme, en admirant le paysage. La route est fermée, trop de fellaghas. Il y a un convoi de montée et un de descente deux fois par semaine. Les civils se suivent sagement, encadrés par les camions militaires après le passage de la voiture de déminage.

Mais cette fois-ci, le voyage ne s'est pas déroulé de la même manière. Plus d'escorte puisqu'il y a eu le cessez-le-feu. Je n'étais pas rassurée du tout. Les fellaghas savaient-ils que la guerre est finie ? Il n'en resterait pas quelques-uns perdus au fond d'une grotte, d'un djebel, que personne n'aurait prévenu ? Je scrutais chaque buisson, mes yeux allaient d'un arbre à l'autre avec inquiétude. En plus la végétation était luxuriante, pas comme en bas, dans la plaine. Je n'ai rien dit à mes parents, mais j'ai remarqué qu'eux aussi surveillaient les bords de la route. Mon père m'a dit :

– Ça te surprend cette montée sans escorte, hein ? Tu te souviens quand j'ai crevé une roue et que le reste du convoi a continué sans nous ? On n'était pas fiers !

Il m'a souri, devinant mon inquiétude.

– Oui, je me souviens, mais nous n'étions pas restés seuls. Une jeep avec des militaires nous avait attendus.

– C'est vrai, a-t-il convenu.

Nous sommes tout de même arrivés sans encombre.

Sur place, pas question de balade ou de pique-nique dans la nature. Nous sommes limités au village et son alentour immédiat. Mais cela nous suffit. Nous sommes tellement habitués à cela et au couvre-feu à Guelma ! Changer le lieu de confinement est déjà une liberté. J'ai le droit de sillonner seule les rues en patins à roulettes. Ceux-ci n'ont pas de roulements à billes, du coup, sur ces rues mal goudronnées, je fais un bruit de vieille carriole qui annonce mon arrivée.

Un jour, durant de précédentes vacances, alors que je m'efforçais de prendre de la vitesse dans ces mauvaises conditions, un convoi militaire était rentré d'opération. Je m'étais rangée sur le côté et les avais regardés arriver. Les phares des camions avec leur grille de protection étaient bizarres, entourés de chiffons en boule. Ils s'étaient arrêtés à l'entrée de leur campement. Personne ne faisait attention à moi. Tous discutaient, s'interpellaient. Je m'étais approchée et j'avais compris que ce n'était pas des paquets de tissus, mais des corps ! Des cadavres sanglants tenus autour des phares par des cordes. Des fellaghas tués dans la montagne, portés en trophée sur les camions sur le trajet du retour, pour servir d'exemple.

C'était une guerre : on tuait ou on était tué. Voilà tout. Les militaires nous protégeaient. Mais j'étais troublée. Ces hommes, le matin même, étaient vivants. Je pensais aussi que s'ils n'étaient pas morts, ils m'auraient peut-être tuée, moi ou un autre.

Alors ces militaires protecteurs me rassuraient.

Jeudi 19 avril 1962

Comme on sent tout de même un vent de changement, une amorce de liberté, mon parrain a organisé la construction d'une montgolfière. Il sait tout faire : couper les cheveux, prodiguer des soins, faire des piqûres, soigner une plaie, tailler des fresques au burin dans son église, s'occuper d'un jardin potager, réparer un moteur de voiture, me passer des films de Tintin en images fixes sur un vieux projecteur et un drap tendu au mur comme écran. Il lit les dialogues sans faiblir des soirées entières en imitant les différentes voix.

Il guide la chorale avec autorité, hurlant avec agacement aux dames patronnesses qui préparent la messe de Pâques :

– *hallelouiââââ*, *hallelouiââââ*, pourquoi pas Hallelujah ?

Donc, pendant deux jours, nous avons construit une montgolfière en papier crépon. Avec de belles couleurs vives. Aujourd'hui est venu le moment délicat de la gonfler à l'air chaud au-dessus d'un feu de bois sans la faire brûler. Nous, les enfants, l'avons retenue en nous suspendant aux cordes. Puis on nous a crié de tout lâcher. La montgolfière a grimpé en flèche ! Elle se moquait bien des limites du village à ne pas dépasser, des fellaghas peut-être dans les champs. Et nous aussi ! Nous avons couru à perdre haleine, le nez en l'air, pour ne pas la perdre de vue. Rien n'a pu nous retenir. Les parents n'allaient pas assez vite pour nous suivre, surtout qu'il n'y avait que des mamans, les pères étaient au travail. Et mon parrain avait trop de ventre pour courir ! Alors les militaires, qui assistaient à la séance par curiosité, ont attrapé leurs armes et nous ont suivis.

La course a continué dans la montagne une bonne heure, avant que la montgolfière se dégonflant progressivement ne s'échoue lamentablement dans un arbre, ses beaux papiers en loques ! Alors seulement, nous avons réalisé qu'on était loin du village, en pleine montagne. On était à la fois surexcités et craintifs. Heureusement, les militaires étaient là et nous ont raccompagnés sans encombre.

C'est la première fois que j'ai pu marcher dans la montagne. C'était merveilleux, ça sentait si bon. Des pommes de pin roulaient sous mes chaussures. J'ai parfois glissé sur les aiguilles tapissant le sol. On a chahuté en riant, on s'est bousculé, on s'est envoyé les branches basses de chêne vert les uns sur les autres. Nous étions comme ivres.

Je sais à quoi je penserai quand je me coucherai ce soir : à plein de promenades avec mes parents, puisque c'est le cessez-le-feu. Oh ! une nouvelle idée me fige sur place tant elle est lumineuse, joyeuse : si la guerre est finie, mes grands-parents vont revenir. Ils évoquaient toujours les fellaghas pour justifier leur départ. Maintenant il n'y a plus de raison. On s'en moque des pains au chocolat à la plage du Nord, des cinémas de France. Je dirai ça demain dans une lettre à ma grand-mère.

Mardi 24 avril 1962

Aujourd'hui mon parrain a décidé de descendre à Bône prendre le premier de bain de mer de la saison. Pour se reposer des confessions et communions du jour de Pâques ! Mes parents ont hésité, à cause des trajets sans escorte. Mais finalement comme nous sommes nombreux, mon parrain aime bien organiser des réunions de tribus, ils se sont décidés.

À peine arrivés, nous les enfants, sans attendre les autres, nous nous sommes rués dans l'eau en hurlant car elle était très fraîche encore ! Mais aucun de nous ne serait resté frileusement sur le bord pour se faire traiter de dégonflés par les copains. En ressortant, on s'est roulés dans le sable tiède, c'était délicieux. En permanence, j'avais dans l'esprit que maintenant, la vie, ça allait être comme ça tous les jours : la montagne, la plage, marcher sans crainte. Et même peut-être un jour, sortir la nuit, sans couvre-feu ? Là, c'est trop, je ne pouvais même pas y croire.

Pendant que nous jouions, les hommes ont fait un grand foyer à l'abri des pins, et les femmes ont mis à cuire une énorme daube de bœuf dans un faitout pour colonie de vacances. D'habitude quand je suis à la plage avec ma famille, on mange des sandwichs. Je n'avais jamais vu un plat aussi gros.

Après le repas, pendant que les adultes faisaient la sieste, les enfants se sont éparpillés. Des garçons tapaient dans un ballon sur la plage, un groupe d'adolescents prenaient des poses et adoptaient une attitude affectée. Les plus petits se disputaient en s'envoyant des seaux d'eau à la figure.

Moi, je me suis éclipsée pendant que personne ne me regardait et je me suis allongée sur le sable humide, derrière un rocher. J'ai regardé fixement le ciel sans nuage jusqu'à ce qu'il me paraisse un plan dur, immuable, que je ne sente plus mon corps et le contact rugueux du sable. Que je me fonde dans ce sol, et qu'on ne me parle plus de la guerre, de départ.

Mercredi 25 avril 1962

C'est décidé : quand je serai grande, j'habiterai Bugeaud. Une maison mauresque avec un patio central. Ma grand-mère viendra en vacances chez moi. Elle se reposera sur une chaise longue dans mon jardin. Je lui apporterai son café. Nous prendrons ma voiture pour aller à la plage. Et nous mangerons ensemble les makrouds qu'elle nous aura préparés. Pas des pains au chocolat.

Lundi 30 avril 1962

Les vacances de Pâques sont finies, nous sommes rentrés à Guelma, le rythme habituel a repris. L'appartement devient bruyant à partir de 17 h, quand les élèves des cours de latin arrivent à la maison. L'école publique s'arrête après la troisième à Guelma. Et le latin n'y est pas enseigné. Donc tous les enfants qui veulent continuer leurs études au-delà, dans une filière littéraire, prennent des cours particuliers avec mon père, professeur de latin. À vrai dire, même les élèves qui s'orientent vers des études scientifiques viennent aussi : cela fait partie du cursus honorable d'un bon élève. Mon père a ainsi de véritables classes par niveaux, qui se succèdent chaque jour de la semaine.

J'ai appris les déclinaisons alors que j'étais en primaire sans qu'on s'occupe de moi, à force de les entendre ânonner par tous ces élèves.

Ma mère fuit l'appartement avant qu'ils n'arrivent, elle va retrouver ses amis. Moi, je la suis parfois. Mais la plupart du temps, je rejoins la bande dans la cour pour des jeux de guerre, chaque jour renouvelés. Les thèmes rapportés par les uns et les autres ne manquent pas.

Puis quand le jeu s'essouffle, nous nous asseyons sur le sol, les bavardages démarrent. J'en profite pour poser toujours la même question en allant de l'un à l'autre.

– Tu n'aurais pas un nouveau livre ?

C'est une recherche quotidienne. Je lis beaucoup, et j'ai du mal à me ravitailler. Les quelques livres offerts aux différentes occasions ne suffisent pas. J'épluche la bibliothèque de mes parents, toujours pleine d'espoir d'y découvrir un exemplaire oublié. Quand je suis vraiment à bout de recherche, je lis un Budé… latin à droite, traduction française à gauche. Bien souvent je n'y comprends rien et cela ne m'intéresse pas vraiment. Les douze Césars lus au cours d'un épisode de panne sèche me sont passés au-dessus de la tête. Je préfère de beaucoup un « Club des cinq », mais c'est vraiment pour les jours de fête ! Et je les dévore en deux soirs. J'aimerais trouver un pavé de 600 pages écrit serré. Là au moins j'aurais de quoi tenir trois à quatre semaines ! Mais les livres d'enfant ne sont jamais aussi épais.

Mes amis lisent beaucoup moins que moi. Même ceux qui sont très bons à l'école. Sans doute parce qu'ils ont des frères et sœurs. Les jeux continuent chez eux. Moi je suis seule. Je n'ai même pas de cousin ou cousine. Si, une seule cousine qui habite en France. Je l'ai vue une ou deux fois.

Quand je me retrouve dans mon lit le soir, je commence par être triste, je pleure souvent, à cause des éternelles disputes entre mes parents. Tout est prétexte, l'argent souvent. Ma mère accuse mon père de ne pas gagner assez : elle lui dresse la liste des gens qui ont acheté une belle maison, cite son amie Rosine qui va chez le coiffeur chaque semaine… Mon père commence par ne pas relever les remarques, mais il finit par exploser. L'un ou l'autre sort en claquant la porte avant la fin du repas. Mes grands-parents ne se disputent pas. Les rares fois où j'ai dormi chez des amis, la soirée était agréable, sans cris.

Par moment, je me sens la mère de ma mère. Je n'ai pas de notion d'obéissance à son égard et je crois que je n'en ai jamais eu, même quand j'étais petite. Rien dans ses actes d'autorité n'est dirigé dans mon intérêt, pour mon éducation. Toujours des caprices pour la satisfaire, ou pour régler un compte. J'en suis bien consciente. Et je n'aime pas ça. J'ai l'impression d'être seule.

Parfois un de ses caprices va dans le sens du plaisir, de la joie, je m'y plie sans rechigner. J'ai alors l'impression fugace que notre famille est comme les autres. Ainsi, je pars à vélo à l'heure la plus chaude de l'après-midi en plein été lui chercher un créponné chez le pâtissier. Je reviens tenant d'une main le grand verre rempli de glace couvert de buée et, de l'autre main, le guidon. Je pédale à fond la caisse, que ça n'ait pas fondu à mon arrivée. Elle le savoure sur son lit et si un sourire adoucit son visage, mon père et moi sommes comblés.

Quand je suis fatiguée de pleurer, je prends mon livre et je m'y enfonce pour oublier. Je relis souvent les aventures de Puck. Sa vie dans un pensionnat danois me fait rêver. C'est mon héroïne préférée, je l'envie : vivre seule, sans les parents, les disputes ! Elle vit des péripéties comme une adulte. J'imite les différents personnages : Colette, dans un « Claudine » lu en cachette, raconte son enfance, parle de sa grande sœur qui lisait toute la journée en mangeant des pommes. Depuis, moi aussi, je mange des pommes en lisant.

Quand je serai grande, dans ma maison, à Bugeaud, dans la montagne au-dessus de la mer, j'aurai une immense bibliothèque, tellement grande que ma vie ne suffira pas à lire tout son contenu.

Et je pourrai avoir des connaissances, des amis, sans leur demander :

– Tu n'as pas un nouveau livre à me prêter ?

Mercredi 2 mai 1962

Aujourd'hui j'ai découvert quelque chose d'étonnant. Rentrée de l'école, le goûter avalé, je me suis installée devant le bureau de mon père. Mon propre bureau est dans la salle de séjour où ont lieu les cours de latin. À cette heure-ci, ils se succèdent toutes les heures, niveau par niveau.

Je n'arrive jamais à démarrer tout de suite mes devoirs. Je commence toujours par rêver un moment. Mon regard flâne sur la ferme de la colline, juste en face. Je n'y suis jamais allée. Je ne la connais que de loin. C'est sûrement dangereux, car isolé. Je peux l'observer, mais que se passerait-il si j'y étais réellement ? Je la fixe longuement pour déceler des choses suspectes. Parfois je prends des jumelles. Puis les yeux fermés, je promène mes doigts très légèrement sur la surface du bureau. J'apprends par cœur les dessins du vernis écaillé.

Bon, finalement, il a bien fallu que je m'y mette.

Nous avons commencé la physique et la chimie cette année. Il paraît que ces sciences décrivent la nature. Je ne vois pas en quoi. Rien de ce qui est écrit ne ressemble à ce que j'observe en vrai. J'ai ouvert mon livre à la page sur le méthane, ce que je devais apprendre pour demain. J'ai découvert le cours, car, comme d'habitude, je n'avais pas écouté un seul mot à l'école. J'ai lu les premières lignes et mon regard a atterri sur le schéma du méthane : un atome de carbone entouré de quatre petits bâtons sur lesquels s'accrochaient les atomes d'hydrogène ! Un par bâton !

Mirobolant, ça tombait pile. Et là, inexplicablement, je me suis sentie envahie par une bouffée d'euphorie. Le monde était beau. Les éléments s'emboîtaient, comme cela, tout seuls, sans qu'on s'en occupe. J'ai touché le bois du bureau. Là aussi, les atomes s'articulaient sans qu'on ait à intervenir. J'ai balancé mes jambes d'allégresse, cognant le coffrage du bureau en rythme. J'ai tourné la page, le miracle a atteint la perfection ; la molécule d'éthane ! Deux atomes de Carbone agitaient leurs bras où venaient s'accrocher six atomes d'hydrogène. Mais alors vraiment, tout s'emboîtait ? Je pouvais encore rajouter des atomes, ça collait ? Et autour de moi ? Et moi, j'étais faite aussi comme ça ? J'ai soulevé la peau de ma main : les atomes sont restés accrochés les uns aux autres.

J'ai commencé à deviner en quoi la physique et la chimie décrivent la nature. C'était flou, mais il y avait une piste. Je me sentais en extase, inexplicablement heureuse ! Ce que je venais de lire était si beau, je subodorais des beautés du même ordre, mais en grandiose ! J'ai tourné la page du livre. Malheureusement, les constructions atomiques avaient cessé. Le cours était passé à un autre domaine. Pas grave, je sentais que je n'aurais pas pu encaisser une beauté de plus.

Mais une question s'impose maintenant sournoisement à mon esprit : quand, et surtout où, aurai-je la suite de l'histoire ? Personne ne parle de l'année suivante. Dans quelle école m'expliquera-t-on les leçons suivantes ? Je ne serai plus assise à côté de Leïla, mais serai-je loin ? Une légère nausée accompagne cette pensée.

Tout le monde se tait. Et moi aussi. Aucune question.

Dimanche 6 mai 1962

Cessez-le-feu ou pas, il n'est toujours pas question d'aller se promener dans la campagne. Et j'en ai tellement envie, surtout depuis les dernières vacances à Bugeaud et la course après la montgolfière ! Tous ces endroits que je n'ai fait qu'apercevoir, ces lieux que je ne connais que par ouï dire, lorsque ma grand-mère ou ma mère me racontaient les vacances à Didjelli, à La Calle, les baignades à toute heure, les apéritifs en regardant le soleil se coucher, les pique-niques à La Mahouna qui se terminaient même par des soirées dansantes avec un phonographe à manivelle !

– Tout cela sans couvre-feu, m'affirmaient-elles.

J'ai du mal à croire que l'on puisse sortir la nuit librement.

Eh bien toujours pas pour moi ces promenades. Je dois me contenter de leurs récits.

Notamment Hammam Meskoutine. Les vieilles photos en noir et blanc me montrent ce lieu sulfureux au propre et au figuré, qui ne ressemble à rien d'autre et qui n'est qu'à quelques kilomètres de Guelma. Hammam Meskoutine fait partie de ces endroits sur terre où la nature vous rappelle à l'ordre. Notre douce terre verdoyante aux sources claires cache un enfer. Peut-être Wells a-t-il illustré cette vérité en inventant les Morlocks, ces monstres blancs, livides, qui sortent de terre la nuit pour dévorer les humains vivant dans un apparent paradis. Un enfer de magma, d'hyperpressions capables de liquéfier la roche, d'emprisonner des poches de gaz inconcevables à notre échelle. Cette monstruosité profite de zones de faiblesse, de failles, pour s'évader en fumerolles soufrées, en eau sortant du sol à l'ébullition. En attendant la vraie explosion, le réveil du volcan. Et cela pendant des milliers d'années. Belle démonstration juste là, à côté de chez moi, à Hammam Meskoutine ! J'en ai un vague souvenir datant de ma petite enfance.

Et puis non, tout d'un coup j'en ai eu assez de ne rien voir. J'ai supplié mon père, j'ai argumenté sans relâche, puisqu'il y a le cessez-le-feu ! Et à ma grande surprise, il a cédé. Il a dit en riant :

– D'accord, d'accord Tofla, dimanche je t'emmène y faire un tour.

« Tofla », c'est le surnom qu'il me donne. Ça veut dire « fille » en arabe.

J'en suis restée muette… et apeurée. Pour une fois j'ai pensé : « Heureusement que mes grands-parents sont partis, avec leurs constantes incitations à renoncer ».

Et aujourd'hui dimanche, comme promis, nous sommes partis. Rien que prendre une route inhabituelle pour quelques kilomètres est un événement. Je ne suis pas rassurée du tout. Mon père a l'air confiant. Maman n'a pas voulu venir. Elle est restée couchée avec un livre.

C'est tout près. En une demi-heure nous y étions. La voiture garée, dès les premiers pas, une intense odeur de soufre âcre m'a prise à la gorge. Sur un vaste plateau de couleur laiteuse couraient des ruisseaux d'eau brûlante, surmontés d'une vapeur jaune, des fumerolles s'échappaient d'interstices dans la roche. Ne pas déraper. Aucune barrière, garde-fou quelconque sur cet espace du diable. Des femmes agenouillées au milieu de leurs voiles noirs faisaient cuire des œufs dans le ruisseau, entourées de gamins virevoltant, sautant à pieds joints à travers la fumée. Les hommes déambulaient d'un pas lent, parlant entre eux. Ces méandres diaboliques se rejoignaient au-dessus d'un dénivelé de plusieurs mètres de hauteur et formaient une cascade figée, sur laquelle des filets d'eau suintaient jour après jour depuis des millénaires, déposant une couche de calcaire, dessinant des tuyaux d'orgue fantastiques d'un blanc jaunâtre.

Mon père m'a expliqué :

– Les Romains déjà, toujours eux, avaient exploité ce site, fabriquant des sortes de casemates en forme de cône avec des pierres, au-dessus des sources de fumerolles. Elles existent encore, ont résisté au temps. On s'y enferme pour respirer ces vapeurs et soigner ses bronches. En somme, une grande inhalation ! Les Français ont continué les aménagements en construisant un hôtel, des bains chauds. Des petits bassins, dans des pièces individuelles, sont alimentés par l'eau chaude sortant de terre. Mais ça, nous ne les avons pas essayés aujourd'hui. Lieu de pique-nique, détente familiale pendant les belles heures de la colonisation, c'est devenu plus difficile ensuite. Un risque calculé ! Comme la montée à Bugeaud, comme rouler le long des blés hauts, comme tant de choses du quotidien ! On vit avec la guerre, on s'adapte.

Mon père me disait ces derniers mots d'un ton amer qui ne lui allait pas.

– Et pourtant on ne ferme pas plus sa porte à clé qu'en temps de paix. Va faire comprendre ça à ceux qui ne l'ont pas vécu ! a-t-il conclu avec dérision.

Alors j'ai fait comme lui : j'ai fait semblant de croire à notre sécurité. Il ne se passera rien. La nature restera innocente et ne sera pas le siège passif ou pervers de la malveillance. Je resterai, moi, une enfant inoffensive, inintéressante, même pas à tuer. Je ne serai pas un symbole social, politique. Rester ancrée sur le sol. Regarder cette eau se frayer un chemin confiant sur la déclivité du plateau, suinter sur la roche de la cascade, rejoindre ses molécules sœurs et tourbillonner gaiement dans le petit ruisseau à son pied, suivre son chemin, le même depuis des millénaires.

Pourquoi n'ai-je pas la même confiance que cette eau ? À cause de cette conscience encombrante qui me fait connaître la peur. Oublie, regarde, goûte, respire même si, de derrière cette belle roche blanche, arrondie, polie, lisse, caressante, sort la mort sous la forme d'un homme qui ne verra pas une enfant en toi, mais un symbole.

En vrai, rien ne s'est passé !

Nous sommes rentrés, fiers de notre escapade, soûlés de vapeur nauséabonde, des traces soufrées sur nos vêtements.

Je sais que ce soir, je pleurerai dans mon lit, mais d'espoir, cette fois. J'aime farouchement ce qui m'entoure. Je veux rester accrochée à cette terre. J'aurai une maison à patio central avec des chats. Moi aussi, comme mes parents, mes grands-parents, j'irai danser à La Mahouna, cette montagne au profil de femme couchée, qui veille sur nous.

Mardi 8 mai 1962

Tout de même il y a des changements depuis le cessez-le-feu. Des bons et des mauvais.

Il n'y a plus d'enterrements de légionnaires, avec la sonnerie aux morts. Je ne vois plus de blessés ramenés par hélicoptère quand je vais à mon cours de maths.

Quand je passe devant de bureau des SAS, en allant à l'école, il n'y a plus personne. Auparavant, des militaires montaient la garde devant le petit bâtiment, une ancienne villa transformée en bureau de l'armée.

SAS, traduction : section administrative spécialisée. D'après *La Dépêche de Constantine*, personne ne sait que ça existe en France. Créée par De Gaulle pour l'Algérie. L'armée envoyait des militaires qui, dans le civil, étaient médecins, enseignants, dans des bleds isolés pour y pratiquer leur métier. Le but était de montrer aux populations que l'armée, la France, était aussi une aide. Ils renvoyaient aussi des renseignements à leur hiérarchie. Ils étaient accompagnés de quelques moghaznis, des militaires indigènes, interprètes et protecteurs. Ce qui était théorique. Ils étaient en très petit nombre et pouvaient être attaqués à tout moment. Il aurait été facile même à un homme seul de tuer le médecin, par exemple au cours d'une consultation. C'est mon père qui m'a expliqué tout cela. Mais les attentats ont été peu nombreux. Les militaires qui ont assuré ce rôle en ont gardé souvent un souvenir attachant, le sentiment d'avoir été utile à une population dans le besoin. Ils ont reçu des remerciements et des cadeaux des plus démunis.

Maintenant il n'y a plus personne. Ça veut dire que tous les militaires vont partir.

Tout comme les Unités Territoriales auxquelles appartenait mon père. Il ne monte plus la garde au transformateur de la ville durant les week-ends depuis plus d'un an. Les UT ont été dissoutes après le putsch d'Alger pour leur prise de position durant l'affrontement entre Français.

La nouveauté c'est l'avènement et la montée en puissance de l'OAS, sinistre Organisation de l'Armée secrète, depuis un an, à la suite du putsch raté.

Désormais les discussions des grands ne sont plus centrées sur les fellaghas, mais sur les plasticages qui font sauter maisons et boutiques de nos deux communautés : Arabes et Français jugés trop proches des Arabes.

Mon père a l'air particulièrement soucieux. Chaque jour apporte son lot d'explosions avec parfois des morts. Et encore, lorsque je lis en cachette « « la Dépêche de Constantine », je me rends compte que Guelma est relativement épargnée. Bône est assaillie quotidiennement, à plusieurs reprises.

Même de cela, on arrive à rire parfois : ma mère m'a raconté hier, à table, hilare :

– Balibra, le marchand de vin, a été plastiqué ce matin. Tu n'as pas entendu l'explosion depuis l'école ?

– Oui !

– Les voisins sont arrivés en courant et l'ont trouvé dégoulinant de liquide rouge. Du sang, ont-ils pensé, effarés ! Non, c'était du vin ! Quand ils s'en sont rendu compte, il y a eu un fou rire général. Finalement, il n'avait pas la moindre blessure.

Mon père est très soucieux, plus que d'habitude. Ma mère insiste sur ce point quand elle me parle, en prenant des airs mystérieux.

Finalement, ce matin, elle n'y a plus tenu :

– Je vais te dire un secret, mais tu n'en parles à personne, promis ?

J'ai promis !

– Il cache son inspecteur d'académie dans un petit appartement de fonction vide dans son école. Celui-ci s'est enfui de Bône et est venu demander de l'aide à ton père, car l'OAS le menace de mort.

Elle attendait mon assentiment entre chaque phrase.

– Donc ton père l'a installé là et chaque jour il lui apporte discrètement à manger. Il cache les victuailles car il a peur d'être repéré. Tu comprends, ils pourraient s'en prendre à lui, et à nous ! Ces gens-là, rien ne les arrête.

– Qui, ils ? ai-je demandé.

– Mais l'OAS bien sûr ! Qui veux-tu que ce soit ?

J'étais émerveillée ! Voilà mon père transformé en héros de livre !

Ce soir, j'ai essayé de le faire parler :

– Raconte-moi, comment fais-tu pour…

– Ah non tout cela ne te regarde pas. Que t'a raconté ta mère ? Des histoires à dormir debout.

Évidemment il a peur que je raconte cela aux enfants avec qui je joue et qui ont des pères OAS pour certains.

Mercredi 9 mai 1962

Le rythme quotidien se maintient à l'école, c'est le dernier trimestre avec au bout le BEPC et le passage en seconde. Mes parents m'ont aussi inscrite au concours d'entrée à l'École Normale. Ils me verraient bien institutrice. Mais ils ajoutent :

– Pour une fille, c'est bien, surtout avec un père enseignant.

Moi, je n'ai aucune opinion sur la question. Seulement l'argument ne me plaît pas. Pourquoi « *Pour une fille ?* » alors que lui-même fait ce métier. Je m'imaginerais bien résoudre des énigmes comme Puck.

Mon père m'organise des séances de révision que je fais seule. Mon professeur de maths aussi me donne des exercices. Tout cela me laisse très distante, indifférente, comme s'il ne s'agissait pas de moi. Je fais juste ce que l'on me dit. Il se passe tant de choses autour de moi. Je capte des conciliabules entre mes parents, les discussions avec les voisins, les amis. Chaque attentat, chaque explosion sont commentés. « Où va-t-on ? » se demande chacun. Tout est terrain mouvant.

Alors plus que jamais, je lis. Je lis sans relever la tête, dès mes obligations remplies. Mes camarades ont droit plus que jamais à ma quête habituelle. Ils ont l'habitude ! Parfois, un ou l'autre me répond, agacé, alors que j'ouvre la bouche, avant même d'avoir proféré un son :

– Non Ariane, je n'ai pas de nouveau livre !

Farida est plus que jamais silencieuse. Elle ne rit plus avec moi. Elle ne taquine plus ma mère. Elle n'essaie plus de la satisfaire avec un plat, un gâteau préféré.

Mon professeur de piano continue imperturbablement, imperméable à tout ! À la chaleur qui grandit chaque jour, on sent l'été et son implacable sécheresse arriver. Aux événements extérieurs, jamais de commentaire, ni avec moi ni avec mon père quand il passe la voir. Elle aussi pense-t-elle partir ? À son âge ? Pour aller où ?

Elle ne me demande pas où j'irai l'an prochain. Pourtant elle sait bien que je suis dans la dernière classe du collège, qu'il faudra immanquablement que je parte. Que je ne pourrai plus être son élève. Tiens, elle m'a donné un nouveau morceau à travailler hier, une valse de Chopin qui s'intitule *Valse de l'adieu*. Est-ce un présage ?

Samedi 12 mai 1962

Je suis follement heureuse ! Ce matin à table, mes parents ont parlé pour la première fois d'un départ en France au mois de juillet, mais seulement pour les deux mois de vacances. Nous irons voir mes grands-parents à Toulon. Pas question d'y rester plus longtemps, ils ne l'ont même pas envisagé.

À la rentrée, j'irai au lycée Mercier à Bône, je serai interne comme ma tante Claire, comme Puck. J'ai eu peur pour rien, une fois de plus.

Si nous partons en France, nous prendrons sûrement le bateau, c'est moins cher que l'avion. J'adore les traversées même si je suis souvent malade. Ma mère me donne de la Nautamine. Et mon père contrôle les prescriptions de ma mère car elle m'avait une fois intoxiquée en me faisant avaler une dose de cheval. Le médecin de bord avait été obligé de me donner des cachets pour dormir et calmer les crampes musculaires provoquées par le surdosage. J'en ai un très mauvais souvenir !

Donc pendant les traversées, je suis un peu endormie par le médicament, mais j'adore quand même ce moment. Mes parents me permettent de me promener seule. J'explore les différents ponts. Je regarde de loin les jeux organisés dans le grand salon, des parties de chevaux avec des énormes pièces qu'un steward déplace pour les joueurs sur un grand tapis de jeu déroulé au sol. Sur les ponts, les gens sont installés dans des chaises longues, ils bavardent, lisent. Matin et soir, un steward passe avec une cloche pour annoncer les différents services des repas. Je m'appuie au bastingage et je regarde fixement l'écume blanche jaillissant le long de la coque du paquebot. Elle rejoint l'eau bleu marine un peu plus loin, s'y dissout en passant par une teinte verte laiteuse. En la fixant, au bout d'un instant, cette transition paraît solide, un solide qui changerait de couleur. On peut imaginer descendre le long du bateau et marcher sur cette surface. C'est hypnogène.

J'ai le droit de me promener partout, mais ensuite je rejoins mes parents dans les ponts inférieurs. On a droit chacun à une chaise longue. Les cabines coûtent trop cher.

Je me souviens de traversées mouvementées avec tempête. Au matin, le pont était méconnaissable, avec des sièges dans tous les sens. L'atmosphère était pestilentielle : les gens malades n'avaient pas toujours le temps de se pencher par-dessus le bastingage pour vomir !

Mais tout cela est vite oublié.

Mardi 15 mai 1962

Et voilà, il paraît qu'il n'y a plus de place de bateau ni d'avion. Rien du tout, avec tous ces gens autour de nous qui parlent de départ. Plutôt non : chacun parle du départ d'Untel ou Untel. Jamais de leur départ à eux. Un matin, on s'aperçoit qu'un enfant n'est plus en classe. Et sa famille s'est envolée. Pourtant, on a joué ensemble deux jours auparavant. Il n'a rien dit, je n'ai rien deviné. Le savait-il seulement ?

Rien n'est certain en ce moment, on vit journée après journée. Les projets dépassent rarement la semaine suivante.

Mes parents ont parlé de me laisser à Toulon à la rentrée scolaire l'année prochaine. Ils pensent que je serai mieux avec mes grands-parents qu'interne au lycée de Bône. Mais j'ai bien vu qu'ils n'étaient pas emballés par cette idée. Ils ne me reverraient pas de toute l'année. Peut-être une fois pendant les vacances de Noël ou Pâques. Pas plus.

De toute façon je refuserai. Je ne veux pas vivre en France. C'est trop vert. Je veux revenir. Surtout qu'il n'y aura plus la guerre, on n'aura plus à avoir peur, nous pourrons nous promener tant qu'on voudra. Mon père nous emmènera partout. On sortira la nuit !

Je serai interne et je reviendrai à Guelma chaque dimanche. Je serai peut-être dans la même classe que mes copines, Leïla, Fadila si elles arrivent à convaincre leur père de les laisser poursuivre leur scolarité.

Guelma sans la guerre, est-ce que je peux croire à un rêve aussi merveilleux ? Peut-être que oui.

Le problème en ce moment est d'avoir des billets pour les vacances ! Il faudra aussi un billet pour le chien.

Vendredi 18 mai 1962

Si je croisais mon double dans la rue, est-ce que je me reconnaîtrais ? Je crois que non.

En tout cas pas tout de suite. Je fixerais cette personne en pensant : je la connais, mais qui est-ce ? Je sentirais mon cerveau buter sur ce mur et tourner en rond. Il faudrait réfléchir plusieurs secondes pour trouver la réponse à cette évidence. Je me vois tout de même dans une glace plusieurs fois par jour ! Alors que je reconnais instantanément les personnes connues autres que moi. Mon père à qui j'ai raconté cette incongruité n'a pas paru surpris. Il m'a rétorqué :

– C'est parce que dans une glace tu te vois à l'envers.

– À l'endroit ou à l'envers, mon visage est identique. Je devrais me reconnaître tout de suite.

– Non il y a des différences. Et tu ne te vois pas bouger, parler, changer d'expression dans la glace. Le double que tu croiserais ne serait pas fixe.

Tout de même c'est bizarre. Comme quand j'entends sans m'y attendre un morceau de piano que je joue et qu'il me faut quelques secondes pour mettre un nom, alors que je reconnais instantanément un morceau que j'ai entendu plusieurs fois, mais jamais joué moi-même. Notre cerveau reconnaît l'extérieur mieux que l'intérieur.

Très bizarre.

Lundi 21 mai 1962

La température augmente, l'été approche.

Farida, sous la gouverne de maman, a rangé dans un placard nos vêtements d'hiver. Ça fait déjà plusieurs semaines que nous ne portons plus que nos robes d'été et que papa est en short dès son retour à la maison. J'adore la saison chaude. Les bruits sont assourdis l'après-midi comme si l'air était si dense qu'il empêchait les sons de se propager. On se sent le corps lourd, paresseux, mais l'esprit vif. On peut lire toute la journée, sans que les adultes vous disent :

– Mais bouge, va courir un peu dehors !

On se couche tard, on ne peut pas sortir, alors on reste sur le balcon dans le noir à chuchoter et regarder les étoiles. Enfin ça c'est pendant les vacances.

Pour l'instant, le même sujet de conversation se répète à chaque repas.

– Tu sais, annonce ma mère à mon père qui rentre de l'école pour le déjeuner, ça y est, les Duchêne sont partis, comme ça, brutalement. J'ai encore discuté avec elle la semaine dernière, elle ne m'a rien dit ! Hier ses voisins ont vu un cadre devant la maison. Ils l'ont rempli hâtivement et dès ce matin, ils sont tous partis.

Et presque chaque jour cette conversation se reproduit en changeant le nom des intéressés.

Hier, mon père était troublé pendant le dîner. Une de ses élèves de latin était absente à son cours sans avoir prévenu. Il a questionné la classe :

– Quelqu'un sait-il ce qui lui arrive ? Est-elle malade ?

– Non, Monsieur, a répondu l'un d'eux. Ses parents et elle ont quitté le pays pour la France ce matin. Ils n'ont même pas fait de déménagement.

– Mais elle était en cours lundi soir ici et ne m'a rien dit, ses parents non plus !

Mon père était stupéfait. Tous ces gens qui partaient sans prévenir personne, en fermant leur porte à clé comme pour faire des courses et qui ne revenaient pas. Quelle peur devait les habiter pour tout abandonner de cette façon.

J'ai demandé à mes camarades, cet après-midi dans la cour :

– Vous allez partir ?

– Partir où ? Pour les vacances ?

– Je ne sais pas, en France ?

– Mais non, pourquoi on irait en France ? Peut-être que j'irai avec mon frère chez mon grand-père. Il a une ferme à Nechmeya. Et puis on l'aide en même temps.

– Et toi ? ai-je demandé à Christine, ma copine toute blonde.

– Je ne sais pas. Mes parents n'ont pas décidé. Mais à mon avis, on restera à Guelma. Ils n'ont pas assez de sous pour payer le bateau.

– Et toi, tu pars ? a-t-elle repris.

– Mes parents voudraient aller en vacances à Toulon chez mes grands-parents, mais il n'y a pas de billets.

Et là-dessus tout le monde s'est remis à courir.

Mais les enfants Duchêne ne m'ont pas dit qu'ils partaient. Pourtant, Édith est dans ma classe. Elle ne le savait peut-être pas. Ses parents lui ont peut-être caché leur projet pour ne pas l'ébruiter.

Pourquoi les gens cachent-ils leur départ ? Ont-ils peur des bombes, des plasticages ? Oui, l'OAS pourrait vouloir les punir de quitter les lieux.

Mes grands-parents nous écrivent, ils nous demandent de venir les rejoindre. Eux aussi nous racontent qu'un tel et un tel a emménagé à Toulon ou dans les environs. Ma grand-mère, dans des petits mots qui me sont destinés, m'évoque les journées que nous passerons à la plage. Elle me décrit les délicieuses viennoiseries faites en France, et, bien sûr, la boulangère de son quartier excelle dans ce domaine.

Les jours s'égrènent dans une attente qui ne dit pas son nom. Chacun attend que quelque chose se passe. Mais quoi ? L'atmosphère est lourde. Personne ne dit ce qu'il pense, ce qu'il va faire.

On parle de révisions pour le BEPC, des petites choses de la vie quotidienne, au milieu des récits de bombes et plastics, de gens qui sont partis et qui donnent de leurs nouvelles à leur famille, leurs amis encore sur place. Tout cela s'enchaîne sans transition à table entre mes parents.

J'écoute et j'attends.

Dimanche 27 mai 1962

Mon père m'a fait une bonne surprise aujourd'hui.

Après le déjeuner, il m'a dit :

– Viens, je t'emmène visiter un endroit que tu regardes de loin depuis des années.

Nous sommes montés dans la petite 4 CV beige, et avons pris la route de Bône.

Je me suis étonnée :

– Nous allons à Bône ? À cette heure-ci ? Mais on va rentrer trop…

Mon père m'a interrompue en riant : « Tu verras bien, Tofla ! ».

Les blés étaient hauts, ponctués de taches de coquelicots. Les orangeraies s'étalaient à flanc de collines. Tout était paisible, lourd, appesanti sous le soleil. Comme d'habitude, j'ai demandé à mon père de ralentir en passant devant la fontaine chaude pour l'observer de loin. À ma grande surprise, sans me répondre, il a garé la voiture sous un olivier.

– C'est ça, la surprise ?

Il a hoché la tête, tout sourire.

J'ai insisté :

– Tu crois ? On peut, on ne va pas…

Je n'ai pas osé finir « se faire tuer ? ». Mon père a compris :

– Non, la guerre est finie, même si ça ne se voit pas en ville. Allez, viens !

J'en étais suffoquée : marcher une centaine de mètres, sous les vieux oliviers ? Devant mon allure figée, il m'a prise par la main.

Avec une grande émotion, nous nous sommes approchés lentement du grand bassin aux berges envahies de joncs. Tout était silencieux. On n'entendait que le chuintement des sources chaudes. Un enfant, un petit berger, se tenait plus loin et nous regardait. Une vague de passion pour cette terre m'a submergée une fois encore. La gorge serrée, le souffle court, j'ai voulu parler, mais c'est avec une voix rauque, inaudible que j'ai murmuré :

– On ne peut pas partir.

Mon père m'a entendu, comprenant de quelle sorte de départ il s'agissait. Il m'a serré la main et n'a rien répondu.

– Viens, faisons le tour.

J'ai regardé intensément ces vieilles dalles arrondies, crevassées par le temps. Je me suis agenouillée sur la margelle pour laisser flotter mes mains : oui l'eau était, comme on me l'avait raconté, merveilleusement tiède ! Ce n'était pas une légende. En écartant les joncs, j'ai retrouvé les traces de mosaïque. Nous nous sommes assis tous les deux sur le bord et nous sommes restés là, silencieux, un long moment.

Mon père était aussi ému que moi. Il en a oublié de me parler des auteurs latins.

Le petit berger s'était légèrement rapproché, suivi d'un chien, et nous souriait.

Puis nous sommes remontés en voiture, et c'est seulement en démarrant que mon père m'a dit :

– Ariane, nous aimons tous ce pays. Personne n'a envie de partir. *Fatum est !*

Jeudi 31 mai 1962

J'ai décidé de poursuivre ce que j'ai commencé avec mon père : c'est-à-dire, aller à droite ou à gauche si j'en ai envie. Oh, dans la ville bien sûr. Je n'oserais pas aller jusqu'à la ferme de la colline, là, toute proche, juste en face de mon bureau, ou plutôt du bureau de mon père. Il n'y a que là que j'aime écrire, travailler. J'en profite dès que les cours de latin commencent.

Pour concrétiser ma décision, hier, en sortant de l'école, je ne suis pas rentrée directement. Après avoir acheté un beignet tout dégoulinant de sucre, je me suis dirigée vers le square. J'ai arpenté toutes les allées poussiéreuses à toute saison avec de pauvres plantes qui s'étiolent faute d'arrosage, mais de grands beaux arbres, des palmiers. De l'ombre assurée. Partout des statues. De très vieilles statues. Il ne faut pas marcher vite. Il faut revenir très loin en arrière, dans l'Antiquité. Fermer les yeux. Les rouvrir devant les déesses alanguies aux muscles lisses, drapées dans leurs voiles, leurs cheveux tressés, leurs yeux de marbre fixant l'au-delà. Céder à leur geste d'invite et passer doucement la main sur leur chevelure. Un buste imposant de Jupiter dans une niche tapissée de mosaïque vaguement dorée les surveille de loin. Mon père m'a révélé que c'était une mosaïque d'or, en vrai or ! La crasse l'a protégé des convoitises.

Des pieds de colonnades, un petit temple ressuscite ce monde de croyances et de mythes. De nombreuses stèles rédigées non en latin, mais en phénicien ponctuent ce monde romain. Celles-ci, mon père ne peut me les traduire, il m'a expliqué qu'elles ont été récupérées dans divers sites archéologiques de la région.

Je marchais instinctivement sans bruit, en évitant les feuilles sèches, pour ne pas troubler ce monde fantomatique. Et je m'interdisais de regarder par-dessus mon épaule pour m'assurer n'être pas suivie. Je dois prendre de nouvelles habitudes de liberté, de confiance.

Je traversais parfois ce square quand je me rendais chez mes grands-parents. Plutôt que suivre la rue, bien rectiligne, le long des grilles de fer forgé, j'osais pénétrer sous le silence des arbres et faire quelques méandres d'une statue à l'autre . Souvent, un arabe était endormi sur l'un des bancs. Je ressortais vite, étonnée de mon audace.

Le nombre de vestiges me fait estimer notre ville très importante. Sinon pourquoi des rues porteraient-elles les noms de Zama, Hannibal, Scipion ? J'en suis très fière.

– Plus tard je saurai le nom de chaque statue.

– Plus tard, quel plus tard ? me glisse à l'oreille le diable sceptique, clairvoyant et haïssable qui me suit, que je repousse.

Mercredi 6 juin 1962

Tout le monde parle de l'autodétermination : c'est un mot compliqué. Ça veut dire indépendance. La date est fixée au 1er juillet. C'est sûr, tous les Arabes vont dire oui. Je l'ai lu dans « la dépêche de Constantine ». Papa dit que c'est normal, « dans le sens de l'histoire ». C'est beau cette phrase. Mais qu'est-ce qu'on fera alors ?

En attendant, je passe demain le BEPC. Les révisions, c'est fini ! Tout à l'heure mon père et moi partirons à Bône puisque les épreuves se passent là-bas, au lycée Mercier. Je vais voir où Claire était interne pendant plusieurs années. Finalement, je ne passerai pas le concours de l'École Normale. Ils m'ont refusée, je suis trop jeune.

Samedi 9 juin 1962

Me voilà de retour à Guelma ! Quelle aventure ce BEPC !

Nous sommes arrivés la veille de l'examen. Bernard et Marion, les amis qui m'ont hébergée pendant les jours d'examen, habitent un logement de fonction dans la poste. Le bâtiment était entouré d'importants rouleaux de fil de fer barbelé, plus hauts que moi, gardés par de nombreux militaires mitraillette au côté. Les clients étaient filtrés, fouillés. Manifestement, un attentat était redouté, quel que soit le parti à son origine.

Le lycée où je devais passer l'examen était tout proche. Je pouvais y aller à pied. C'était un magnifique bâtiment XIXe siècle de style mauresque.

Et la prison était juste en face de la poste.

L'atmosphère de la ville était tendue, sulfureuse. On le sentait dès l'arrivée. Le FLN et l'OAS s'opposent quotidiennement, rivalisent en attentats, même si la fin du conflit a été déclarée en mars. Les rouleaux de barbelés gardés par des militaires français quadrillaient toute la ville.

Nous avons dû garer la 4 CV plus loin : les militaires interdisaient le centre-ville aux voitures.

Papa a un peu bavardé avec les amis puis il est vite reparti. Il lui fallait faire les soixante kilomètres du retour avant la nuit. Il m'a recommandé d'abord de bien me concentrer demain, de ne pas rêvasser devant ma feuille. Pas de risque ! J'ai trop peur de rater.

Nous avons bien ri pendant le dîner. Moi je chahutais avec leur fille, un peu plus jeune que moi. Mais à la fin du repas, un tintamarre assourdissant a éclaté. Les prisonniers manifestaient. Les bras hors de leurs fenêtres à barreaux, ils tapaient sur des casseroles en scandant des mots en arabe que je n'ai pas compris. Ils ont tenu jusqu'au milieu de la nuit. Je crois que c'étaient des prisonniers politiques.

Les amis sont allés se coucher normalement. Ils ont l'habitude ! Les explosions rythment leurs jours et nuits depuis plusieurs mois. Moi non. À Guelma, petite ville, il y a moins de plasticage.

Je n'ai pas avoué ma peur. Je suis allée me coucher comme les autres. Puis quand tout le monde a été endormi, je me suis relevée et me suis installée dans les toilettes avec une provision de journaux de Mickey. J'ai appliqué les consignes de mes parents : s'éloigner des portes d'entrée, au cas où une bombe serait déposée là.

Les toilettes étant la pièce la plus éloignée de l'entrée, je m'y suis donc retranchée. J'ai commencé par lire, puis je me suis assoupie assise par terre, adossée à la porte. Au bout d'une heure, je me suis réveillée avec des fourmis dans les jambes, alors je me suis couchée en pensant « Tant pis pour moi ». Je ne me suis pas rendormie tout de suite. Les prisonniers avaient fini par arrêter de taper sur leurs casseroles. On les leur avait peut-être confisquées. Je commençais à fermer les yeux quand une détonation m'a réveillée. Et cela s'est répété. Quand le bruit était lointain, je me rassurais en me disant : « Au moins ça, ce n'est pas pour nous. » Et quand c'était tout près, je pensais : « C'est passé, ils ne vont pas mettre deux bombes au même endroit. »

Après coup, quand j'ai refait ce raisonnement devant mon père, il a ri « Oui, c'est ce que disent les soldats pendant les guerres, deux bombes ne tombent pas au même endroit. » J'avais donc raison !

Puis finalement, j'étais si fatiguée que j'ai fini par m'endormir.

Le lendemain matin, nos amis sont venus me secouer pour que je ne sois pas en retard à la première épreuve. Ça a été très dur de me lever, j'avais si peu dormi. Personne ne s'était aperçu de ma station prolongée aux toilettes.

Bernard a décidé de m'accompagner pour s'assurer qu'on me laisserait passer toutes les chicanes.

Quand nous sommes arrivés devant la grande porte principale du lycée, nous nous sommes arrêtés net : la façade était effondrée ! Plastiquée par l'OAS pendant cette fameuse nuit ! Le bureau de la directrice était en plein air, il n'y avait plus de mur. J'avais envie de rire, mais je me suis retenue. Voir les meubles, le bureau entouré de ses fauteuils, les bibliothèques remplies de livres depuis la rue ! Le tapis était plein de gravats.

Personne n'avait l'air plus ému que ça. Notre ami m'a laissée à l'entrée, puis est reparti en montrant ses papiers de nouveau aux militaires. Le concierge m'a indiqué la salle d'examen sans faire de commentaires sur l'état de la façade. Moi je n'avais plus envie de rire. Je n'avais jamais vu une école aussi grande et j'avais peur de me perdre. Heureusement, Fawzia et Zahia, des copines de ma classe sont arrivées juste derrière moi et nous avons cherché la classe ensemble.

Les surveillants ne nous ont rien dit non plus sur le plastic et nous avons passé toutes les épreuves du BEPC le plus normalement du monde. Il faut dire que les façades et portes explosées, les vitres brisées, se rencontrent à tous les croisements de rues. À midi, j'ai réussi à faire l'aller et le retour chez nos amis pour déjeuner sans me faire arrêter par les militaires. L'après-midi s'est déroulé paisiblement avec quelques explosions au loin de temps en temps. Je me suis concentrée sur les devoirs à rendre et n'y ai plus fait trop attention.

Nos amis viennent d'avoir un bébé. J'en suis la marraine. Après le dîner, pendant que j'essayais de le faire sourire et gazouiller, j'ai été surprise d'entendre son père lui murmurer d'un ton pensif, amer :

– Toi, tu es né ici, mais tu ne vas pas y rester longtemps !

– Pourquoi dis-tu cela ? me suis-je étonnée.

– Mais enfin Ariane ! m'a-t-il répondu. Tu vois bien ce qui se passe, les attentats, les bombes. L'indépendance, l'autodétermination, comme ils disent, va être votée. On ne sera plus chez nous ! Et c'est dangereux.

– Tu vas retourner à Marcillac ? Tu es content alors ?

Nos amis sont originaires de France, et ne sont en Algérie que depuis une quinzaine d'années. Ils nous parlent souvent de leur Corrèze natale comme d'un paradis.

Il a souri tristement.

– Eh bien non, nous ne sommes pas contents ! Que veux-tu, on s'est attachés à ce pays, c'est devenu le nôtre et maintenant qu'on va se faire mettre dehors, tous, je suis accablé. Autant que tes parents qui sont nés ici.

Je l'écoutais, mais ne pouvais croire que cela me concerne aussi. « Tout cela n'est pas pour moi », pensais-je. « Mes parents n'ont rien dit. »

Plus tard, quand tout le monde s'est couché, j'ai fait pareil. Cette fois-ci, je ne me suis pas installée dans les toilettes et je me suis endormie très vite après cette journée inhabituelle. Le lendemain matin, j'ai assuré à Bernard qu'il n'avait pas besoin de m'accompagner. Je saurais passer seule les barrages.

La deuxième journée s'est bien passée. Une toile de bâche avait été tendue pour masquer le trou béant de la façade. Pendant les moments d'attente, entre les épreuves, j'ai essayé de regarder autour de moi, je me suis engagée dans des couloirs, pas trop loin : j'avais peur qu'on me demande ce que je faisais là. En vrai, il y avait beaucoup de monde qui circulait, entre les adultes, les élèves du lycée et celles comme moi qui venaient pour l'examen. J'essayais de m'imaginer interne dans ces bâtiments l'année prochaine. Mon père qui viendrait me chercher le vendredi soir. Et nous n'aurions pas peur de rentrer à Guelma la nuit.

Ces idées me plaisaient bien. Le lycée est lumineux, avec une grande cour ornée de plantes, une sorte de patio central. Des arcades la bordent. Un air de maison mauresque. Mes préférées.

J'ai passé une troisième nuit chez nos amis. Ils n'ont parlé que de départ prochain, de l'attente de leur nouvelle nomination, des bâtiments plastiqués durant la journée. Je suis intervenue :

– C'est dommage, on ne vous verra plus alors ?

Marion a commencé une phrase :

– Mais Ariane, vous aussi, vous…

Elle s'est interrompue devant le regard appuyé de son mari. Et moi, je n'ai pas insisté.

Cette fois encore, je suis allée directement dans mon lit, m'obligeant à ignorer les explosions qui rythmaient la nuit.

Mon père est arrivé le lendemain matin dès neuf heures. Il avait quitté Guelma très tôt. Il a tout de même pris le temps de boire un café en bavardant avec nos amis. Et de quoi ont-ils parlé ? De départ bien sûr.

Bernard et Marion s'exprimaient avec véhémence, voulant convaincre mon père de demander sa mutation en urgence.

– Gil, tu te rends bien compte que vous ne pouvez pas rester. Tu te vois pratiquement seul Français au milieu des Arabes ?

Mon père répondait tranquillement :

– Pourquoi pas ? Il faudra toujours des enseignants, des médecins. Surtout les premières années après l'indépendance. Comment pourront-ils ouvrir des classes en octobre prochain si tout le monde s'en va ? Il faut rester.

Bernard reprenait :

– C'est dangereux, il va y avoir des règlements de compte.

Alors que mon père ouvrait la bouche pour répondre, il a continué :

– Je sais, tu vas me dire que tu n'as rien à craindre. Tu n'as fait de mal à personne, que du bien. Justement à cause de cela, tu peux être gênant. Dans les périodes d'euphorie qui vont suivre l'indépendance, n'importe quel excité pourra inventer un compte à régler. Ils vont commencer par éliminer les malheureux harkis, les moghaznis !

Marion a enchaîné :

– As-tu oublié l'inspecteur d'académie que tu as caché ? Tu as été discret, mais il y a toujours quelqu'un qui voit ! Ça a déplu à l'OAS, mais aussi au FLN. Ça aussi on peut te le faire payer. Et ta femme, ta fille ?

Ils ont continué comme cela un bon moment puis mon père s'est levé, a attrapé mon sac. Nous les avons embrassés. On était tous émus.

Bernard nous a dit :

– Bon, même si je reçois ma nomination et qu'on ferme les valises, on se reverra quand même pour s'embrasser avant le départ. Et puis, hein, à Marcillac, vous serez toujours chez vous, si vous ne savez pas où atterrir !

La fin de la phrase m'a fait l'effet d'un coup de bâton.

Nous avons dû marcher un bon moment pour retrouver la voiture garée à distance. Durant le voyage de retour, nous sommes restés silencieux. Mon père m'a demandé comment s'étaient passées les épreuves, mais je n'avais pas envie de parler et je sentais que lui non plus.

En arrivant devant la fontaine chaude, il s'est arrêté sous les arbres.

– Viens, Ariane, on fait le tour du bassin.

Ce que nous avons fait, main dans la main. Nos sentiments étaient lourds, nous regardions avec une ferveur religieuse. Comme la première fois, nous nous sommes agenouillés sur la margelle et avons laissé tremper nos mains dans l'eau tiède. Mais aujourd'hui j'étais désespérée. Je comprenais que nous n'étions que des pions sans importance. J'ai gratté de l'ongle des carreaux de mosaïque pour distinguer le motif sous la gangue pluriséculaire, en vain.

Toujours sans parler, nous sommes remontés en voiture et avons terminé le trajet.

Maman était contente de me voir revenir. C'était la première fois que je m'absentais plusieurs jours de suite.

L'après-midi, j'ai retrouvé les amis dans la cour. J'étais la vedette. J'ai tout raconté : le lycée éventré, les plastics, les prisonniers. Je n'ai pas dit comment je m'étais réfugiée, puis endormie dans les toilettes.

Notre chef Alain a tout de suite organisé un jeu intitulé « la révolte de la prison » et nous avons fait beaucoup de bruit en tapant sur des vieilles casseroles tout en nous coursant jusqu'à ce que des parents viennent nous gronder et nous faire cesser ce tintamarre.

– Vous ne trouvez pas que ça suffit en vrai ces histoires-là ? Il faut que vous en rajoutiez ?

Mardi 12 juin 1962

Les cours continuent à l'école même si nous avons passé le BEPC, mais tout le monde est dissipé. Sauf ma copine, Leïla, toujours première de la classe, qui ne lâche pas et travaille avec sa constance habituelle. Elle vise une des premières places au classement départemental pour le passage en seconde. Son père est très modeste. C'est un employé communal pour la voirie. Elle espère avec détermination et une sorte de rage qu'il lui permettra de continuer sa scolarité au-delà de la troisième.

– Y aura-t-il des bourses après ? m'a-t-elle dit.

Le « après » est pudique. Elle ne veut pas me blesser. Elle ne veut pas dire non plus qu'elle regrettera l'aide française qui lui a assuré une bourse jusqu'à ce jour.

Elle m'a déjà expliqué son plan : une de ses cousines peut l'héberger à Bône. Pas question de l'internat, trop cher. Bien sûr, ce serait spartiate, l'appartement est petit, avec plusieurs enfants, bruit et promiscuité assurés, mais au moins elle pourrait aller au lycée.

Elle ne m'a pas demandé si j'y serai interne. Interne où ? Nous allons nous quitter ?

Je n'ai rien dit non plus. Où serai-je l'année prochaine ? Même pas l'année prochaine, dans quelques semaines. Quelques jours ? Quelques heures ? Je chasse cette idée qui me rend nauséeuse.

Les conversations vont bon train à la récréation entre les élèves arabes. Il est plus souvent question de mariage que d'études. Je suis laissée de côté à double titre, parce que je suis trop jeune et parce que, d'une certaine manière, on considère que je ne suis plus là. Que je quitte le pays ou la ville, c'est la même chose. Adossée au mur, je les regarde, les écoute. Je suis triste. Tout cela est fini. Le monde qui m'accompagne depuis ma petite enfance est en train de s'évanouir.

À la maison aussi l'humeur est morose. Toujours le bilan de celui-ci et puis ceux-là qui sont brutalement absents sans préavis. Un beau jour, les voisins les voient partir avec deux valises, les regardent fermer soigneusement leur porte à clé, saluer et tourner les talons. Comme un départ en vacances. Font-ils ce geste avec désespoir, soulagement après la peur, les deux réunis, devant ce panorama qui est leur quotidien souvent depuis leur naissance et qu'ils fuient maintenant ?

Mes parents commentent sans fin :

– Bien sûr, dit ma mère, Tartempion, avec ce qu'a fait son oncle après les émeutes de 1945, a eu peur de vengeance.

Alors j'ai demandé ce qu'a fait l'oncle de ce Tartempion.

– Oh ! c'était après les émeutes, m'a -t-on répondu vaguement.

– Et Machinchose, bien sûr, tout le monde sait bien qu'il a cotisé pour le FLN pendant des années. Alors il a peur que l'OAS lui règle son compte !

– Et nous ? ai-je dit, Papa a aidé quelqu'un ? Et Grand-père ?

– Mais non voyons qu'est-ce que tu vas chercher ?

– Mais l'inspecteur d'académie…

– On t'a déjà dit de ne jamais prononcer ce mot, tu te souviens ? a grondé mon père.

– Tu n'as rien à craindre, a repris maman. Ton père et ton grand-père sont des hommes d'honneur, respectés des Français et des Arabes.

Elle aime bien être grandiloquente à l'occasion.

Vendredi 15 juin 1962

Mon père donne ses derniers cours de latin. C'est la fin de l'année. D'habitude, à cette époque-là, je l'entends bavarder avec ses élèves de 3e.

Il les questionne sur l'orientation de leurs études, leurs projets. Cette année, rien. Ils continuent à traduire Virgile sans broncher. Et de temps en temps un élève manque à l'appel.

Mon père questionne. Un des enfants dit en général, les yeux baissés :

– Ils sont partis, m'sieur.

Et voilà, comme d'habitude.

Moi j'ai arrêté les cours de latin. Mon père et moi nous sommes trop préoccupés et distraits. Même les autres enfants dans la cour n'ont plus le cœur à jouer de la même manière. On traîne vaguement sur nos vélos, on soulève la poussière. On parle peu. On attend tous quelque chose. Hier, je me suis exclamée :

– Tiens, personne n'est parti dans notre immeuble, on est tous là !

– Où veux-tu qu'on aille ? m'a répondu Alain.

– Déménager en France, comme les autres, a ironisé Christine.

Les journées sont longues, longues, le temps est suspendu. On ne se plaint même pas de la chaleur.

La chaleur ! Oh oui elle est bien là au rendez-vous. Que je l'aime, même si elle nous fait souffrir à certains moments, quand on est obligés de stationner en plein soleil, quand il faut faire un effort pour monter une pente en vélo, quand on porte un sac lourd. Il faut composer avec elle, elle ne se laisse pas ignorer, comme si on vivait avec une personne convoi. Pas de camion patrouilleur avant le passage des civils. Quelle liberté ! Mais une liberté inquiète. Je nous nous ai sentis bien seuls sur cette route paisible. Mon père souriait, bavardait, mais je le sentais préoccupé, triste. Son regard, comme le mien, inspectait les environs. Il accélérait quand nous étions entourés de blés prêts à la moisson.

À mi-parcours, un village est apparu à un détour de la route. Mon père a arrêté la voiture et est descendu. Je l'ai rejoint, il m'a désignée du doigt un drapeau au fronton de la mairie. Un drapeau vert et blanc avec un croissant rouge. Pas le drapeau bleu blanc rouge. Nous n'avons pas prononcé une parole. Il pleurait. Moi aussi. Nous nous tenions par la main. Ce que je refoulais s'imposait, devenait réalité sous l'aspect d'un bout de tissu. Ce pays n'était plus le nôtre. Peu importe que nous y soyons nés, que nous ne connaissions que lui. Je ne peux imaginer rien d'autre. Il faut connaître pour imaginer.

Nous sommes remontés en voiture.

Après un long silence, j'ai entendu la phrase que je redoutais :

– Ariane, en septembre, tu iras au lycée à Toulon, chez tes grands-parents. Tu seras bien avec eux.

– Pour combien de temps ? Et vous ?

– Je ne sais pas pour combien de temps. Tu dois faire des études, passer le baccalauréat, aller en faculté, tu n'auras pas cela en Algérie. Il n'y aura pas d'université pour passer des diplômes français.

Je suis restée silencieuse, me répétant dans mon for intérieur :

– D'accord, je suis obligée, mais je reviendrai.

Mon père a repris :

– Des enseignants resteront en Algérie. Ils ont besoin de nous. Nous verrons.

J'ai continué à me taire.

Nous sommes arrivés à Constantine sans avoir prononcé d'autre parole, chacun de nous perdu dans ses pensées. Nous avons été hébergés chez des amis d'amis que nous ne connaissions pas. Des Juifs appartenant à ces très anciennes communautés qui étaient en Algérie bien avant les Français et les Arabes. Depuis l'Antiquité. Les plus âgés ne parlent pas le français, mais l'arabe ou un dialecte de mêmes intonations que l'arabe. Les vieilles femmes portent des robes longues orientales et un petit chapeau pointu, conique.

J'étais intimidée. Après avoir bu un verre de limonade et échangé quelques banalités sur les circonstances, mon père m'a proposé de sortir pour me faire visiter Constantine, cette ville d'aspect sauvage, bâtie sur une plate-forme entourée de gorges. Il m'a raconté combien sa prise avait été difficile lors de la conquête française. La dernière ville à se rendre. Lui aussi a été militaire ici, a pris la garde le long des gorges du Rummel. On a longtemps traîné dans les ruelles à écouter les musiques arabes sortant des cafés, avec le son lancinant du petit violon. On avait voyage m'a semblé très long. Trois heures. Beaucoup plus qu'en Caravelle.

L'aéroport de Marignane. Un autre pays que j'étais bien décidée à dénigrer séance tenante ! Le pied encore sur la passerelle, j'ai trouvé la température beaucoup trop douce. À cette heure-là, à Guelma, pas question de rester debout sous le soleil. Les bâtiments étaient moches. L'hôtesse d'accueil aussi.

Mais arrivée dans le hall, j'ai aperçu mon grand-père qui agitait les bras. Son sourire ravi a tout remis à sa place : je n'étais qu'une enfant venue passer les vacances d'été avec ses grands-parents après tout. L'année prochaine était une autre vie !

La route entre Marseille et Toulon est belle et large. On aperçoit la mer. Mon grand-père parlait beaucoup. Il était heureux de ma présence et c'était communicatif, j'ai eu envie de sourire. Il lisait à haute voix les panneaux des petites villes que nous traversions, avait des anecdotes à raconter sur chacune d'elles :

– Là, tu vois, les chantiers de l'arsenal ; et là ; regarde au-dessus, plus loin, une vieille tour de garde. Vers la droite, au fond…

Je savais qu'il connaissait mon chagrin, ma désorientation. Il les partageait. Lui aussi vit ce choix fait sous la contrainte. Il parlait pour m'empêcher de penser. Je devinais parfois des larmes au coin de ses yeux.

Enfin nous sommes arrivés à Toulon, la voiture s'est dirigée vers les pentes du mont Faron, dans le quartier

Sainte-Anne. Il s'est garé devant un petit immeuble. À peine descendue de voiture, j'ai entendu crier mon nom. En levant la tête, j'ai aperçu ma grand-mère à son balcon, qui me faisait des grands signes.

Mon grand-père s'est moqué gentiment d'elle :

– Regarde-là, elle ne tient plus en place à l'idée de t'embrasser. Allez, file, grimpe les escaliers, je te suis avec la valise.

Ce que j'ai fait de toute la vitesse possible. Elle m'a tant manqué ! Je me suis jetée contre elle et j'ai sangloté de toute mon âme, j'ai versé toutes les larmes refoulées.

Elle m'a caressé les cheveux en répétant :

– Allez, calme-toi Ariane, ce n'est rien, c'est la vie, tu vas voir, tu vas t'habituer.

Moi j'étais inconsolable, tout se mélangeait, ma joie de les retrouver, le chagrin, l'angoisse de ne plus revenir dans mon pays, de ne plus voir ce qui avait fait mon quotidien, ne pas avoir prévenu les uns et les autres de mon départ, toute cette brutalité.

Quand je me suis un peu calmée, mon grand-père m'a dit gravement :

– Ariane, tu n'as pas le droit de pleurer. Nous sommes tous vivants ! Tu devrais remercier Dieu, *Inch'Allah*.

ramèneront à un temps brutalement révolu, un 18 juin, devant un tarmac de base militaire.

Mardi 24 juillet 1962

Beaucoup d'amis défilent dans l'appartement pour un café-gâteaux-soupirs-palabres sans fin.

Chacun énumère ce qu'il a perdu. Pour beaucoup, une maison. Ils se demandent comment essayer de la vendre. Mais quel Algérien leur donnera de l'argent alors qu'on sait qu'ils ne reviendront plus ? L'un deux avait une petite épicerie. En le voyant ramasser ses affaires, son commis lui a proposé de la lui racheter en lui tendant une liasse de billets. La somme lui a paru tellement dérisoire qu'il a refusé. L'autre a répondu placidement :

– Tu as tort, tu n'auras rien de mieux.

Pour d'autres, ce sont des terres, une ferme. De quoi vivre maintenant ? Ils ne sont pas assez riches pour acheter l'équivalent en France. De longs silences perplexes ponctuent les plaintes, tout en buvant distraitement leur café.

Je prends ma part de sucreries et je m'esquive. J'écoute de loin d'une oreille les discussions répétitives. Je ne lève les yeux de mon livre que lorsque les interlocuteurs se relaient pour dissuader mes parents d'un retour à Guelma : la sécurité est le premier argument, puis l'isolement.

Vendredi 20 juillet 1962

On nous appelle les Pieds-Noirs ! D'où ça sort, cette expression ?

C'est ainsi qu'on nous désigne dans les journaux : *« des milliers de Pieds-Noirs nous arrivent chaque semaine. La crise du logement déjà préoccupante auparavant ne peut que s'aggraver. »*

Il paraît que c'est une référence aux brodequins noirs que portaient les militaires qui ont conquis l'Algérie en 1830. Les Algériens nous auraient alors donné ce surnom. Mais dans ce cas, pourquoi est-ce seulement aujourd'hui qu'on l'entend, depuis 130 ans ?

Autre hypothèse : c'est le nom d'une tribu d'Indiens d'Amérique du Nord. Encore plus loufoque ! Quelle relation avec nous ?

Mon père s'est rendu au lycée Bonaparte hier pour mon inscription. Je n'ai pas eu le courage de l'accompagner. Il sera toujours assez tôt pour découvrir le bâtiment. On ne lui a pas demandé de fiche d'état civil. Sa carte d'identité et le livret de famille ont suffi.

Par contre, comme je n'ai jamais fait de latin « officiellement », mais en cours particulier avec mon père, ils exigent que je passe un examen de contrôle dans cette matière.

– On va réviser un peu, a conclu papa.

Au fond de moi, je suis à la fois contente et amère à la perspective de ces quelques cours qui nous ramèneront à un temps brutalement révolu, un 18 juin, devant un tarmac de base militaire.

Mardi 24 juillet 1962

Beaucoup d'amis défilent dans l'appartement pour un café-gâteaux-soupirs-palabres sans fin.

Chacun énumère ce qu'il a perdu. Pour beaucoup, une maison. Ils se demandent comment essayer de la vendre. Mais quel Algérien leur donnera de l'argent alors qu'on sait qu'ils ne reviendront plus ? L'un deux avait une petite épicerie. En le voyant ramasser ses affaires, son commis lui a proposé de la lui racheter en lui tendant une liasse de billets. La somme lui a paru tellement dérisoire qu'il a refusé. L'autre a répondu placidement :

– Tu as tort, tu n'auras rien de mieux.

Pour d'autres, ce sont des terres, une ferme. De quoi vivre maintenant ? Ils ne sont pas assez riches pour acheter l'équivalent en France. De longs silences perplexes ponctuent les plaintes, tout en buvant distraitement leur café.

Je prends ma part de sucreries et je m'esquive. J'écoute de loin d'une oreille les discussions répétitives. Je ne lève les yeux de mon livre que lorsque les interlocuteurs se relaient pour dissuader mes parents d'un retour à Guelma : la sécurité est le premier argument, puis l'isolement.

Sainte-Anne. Il s'est garé devant un petit immeuble. À peine descendue de voiture, j'ai entendu crier mon nom. En levant la tête, j'ai aperçu ma grand-mère à son balcon, qui me faisait des grands signes.

Mon grand-père s'est moqué gentiment d'elle :

– Regarde-là, elle ne tient plus en place à l'idée de t'embrasser. Allez, file, grimpe les escaliers, je te suis avec la valise.

Ce que j'ai fait de toute la vitesse possible. Elle m'a tant manqué ! Je me suis jetée contre elle et j'ai sangloté de toute mon âme, j'ai versé toutes les larmes refoulées.

Elle m'a caressé les cheveux en répétant :

– Allez, calme-toi Ariane, ce n'est rien, c'est la vie, tu vas voir, tu vas t'habituer.

Moi j'étais inconsolable, tout se mélangeait, ma joie de les retrouver, le chagrin, l'angoisse de ne plus revenir dans mon pays, de ne plus voir ce qui avait fait mon quotidien, ne pas avoir prévenu les uns et les autres de mon départ, toute cette brutalité.

Quand je me suis un peu calmée, mon grand-père m'a dit gravement :

– Ariane, tu n'as pas le droit de pleurer. Nous sommes tous vivants ! Tu devrais remercier Dieu, *Inch'Allah*.

Livre II

Mardi 19 juin 1962

Voilà, je suis installée à Toulon.

Ma grand-mère m'a fait visiter leur nouvel appartement avec enthousiasme. C'est petit, mais c'est à eux. Ils l'ont acheté. C'est la première fois de leur vie. Ils l'ont payé comptant avec leurs économies. Mon grand-père ne voulait pas de crédit après la retraite. Alors elle est fière de chaque centimètre carré ! La vue est belle, sur le mont Faron.

Moi j'étais abasourdie. Le matin à Constantine, l'après-midi à Toulon. Alors je me suis laissée bercer par ses paroles, sans résistance.

Puis on a défait ma valise, suspendu les robes dans la penderie du couloir.

Ma tante Claire et moi partagerons la même chambre. Pour le moment, elle est absente car elle séjourne chez une amie.

Je n'ai pas essayé de comprendre, je n'ai posé aucune question.

Tout de même, mon regard vague s'est attardé sur les meubles de cette chambre. Je ne les connaissais pas. Ma grand-mère a capté ma curiosité :

– Ils sont beaux hein ? Ta tante Claire les a dessinés, nous les avons fait réaliser par un menuisier du quartier. Avec nos dernières économies, a-t-elle ajouté en riant.

Des meubles en bois sombre, sobres, élégants, esprit XIXe siècle épuré, d'après ce que j'ai vu dans les livres. J'étais admirative.

Ma grand-mère, intarissable, a dit à ma place les mots que je ne trouvais pas.

Demain, oui demain nous verrons. Fermer les yeux.

Au milieu des bavardages, le dîner puis le soir sont arrivés.

Du balcon, dans la nuit, j'ai vu les pentes du mont Faron constellées de lumières. Des maisons.

Ils n'ont pas peur d'habiter comme ça loin de la ville, dans la montagne ?

Je me suis endormie comme une masse, saturée d'émotions, dans un grand beau lit à tête arrondie, soutenue de barreaux torsadés. Ma conscience a basculé dans le sommeil alors que je recherchais sous mes doigts la sensation du vernis écaillé du bureau de mon père.

Ce matin, je me suis réveillée sous un ciel resplendissant. À peine un pied posé hors de la chambre, ma grand-mère rieuse m'a fait le programme de la journée : un croissant tout chaud pour mon petit déjeuner, mon grand-père a été me le chercher tout exprès, puis, dès que je serai prête, le marché du Cours Lafayette et le port.

Je me suis laissée emporter par son entrain, j'ai souri.

En m'aidant à faire mon lit, elle a trouvé sous mon oreiller le mouchoir fétiche qui ne m'a pas quittée depuis son départ de Guelma. Il n'a plus l'odeur du fer à repasser depuis longtemps, est froissé par les larmes qu'il a épongées.

– Mais qu'est-ce que cela ? s'est-elle exclamée.

Je lui ai expliqué. Elle luttait contre son émotion, je le voyais bien, sa bouche tiraillait un peu vers la droite, mais elle s'est reprise :

– Allez Ariane, c'est fini, ça suffit les larmes. Tu vas voir comme tu vas être bien ici. On va sortir, aller à la plage, au cinéma ! Va mettre ce mouchoir dans la machine à laver pour commencer ! Et tu vas vite écrire un mot à tes parents, qu'ils sachent que tu es bien arrivée.

J'ai dit oui, oui à tout. J'ai compris dès ces premiers instants qu'elle nous porte, elle porte tous nos cœurs lourds, nos désespoirs, nos rancœurs. La vie lui a fait connaître toutes les souffrances, elle a vécu trois guerres, vu ses trois frères disparaître dans la première, a perdu un enfant lors d'une épidémie de typhoïde. Alors non, elle estime que si elle a survécu à cela, ce n'est pas le départ d'un pays qui l'atteindra. Et elle nous l'exprime avec simplicité. Les pleurs l'agacent.

Je l'ai suivie dès ce premier matin en me laissant entraîner sur le cours Lafayette, cet immense marché qui semble ne jamais finir. On a beau prendre des rues latérales, il y a toujours encore et encore des marchands qui vous interpellent. J'étais stupéfaite du monde, du bruit.

J'observais ma grand-mère. Elle n'avait pas l'air de surveiller autour d'elle, elle ne regardait pas par-dessus son épaule, même quand nous croisions des Arabes.

Puis des gros filets à provisions lourdement chargés aux bras, elle m'a entraînée vers le port, tout à côté.

À notre arrivée sur le quai, elle a lâché ses paniers et, d'un large mouvement circulaire des deux bras, elle m'a exposé la rade.

– Regarde, ce n'est pas magnifique ça ? Tu as vu une chose pareille à Guelma ?

J'étais toujours muette, mais je lui ai souri. À elle, à son courage, pas à la rade.

Jeudi 21 juin 1962

J'ai déjà une lettre de mon père, écrite alors que je venais à peine de poser le pied sur le sol français.

Il me dit son espoir d'avoir vite des billets de bateau ou d'avion pour eux, son désir d'être près de moi. Je l'imagine écrire ces lignes sur son bureau. Il a dû lever les yeux, regarder la ferme au toit arrondi sur la colline en face, rêver un peu, revenir à sa lettre. Je respire le papier. Je regarde le cachet de la poste : France. Plus pour longtemps…

Je me retiens de la mettre sous mon oreiller.

Hier, nous sommes allées à la plage des Sablettes à La Seyne. Nous avons pris un bateau sur le port et avons fait cette petite traversée d'une demi-heure.

Tout était gai, rieur, tel que me le racontait ma grand-mère dans ses lettres. Elle voulait me montrer notre belle et nouvelle liberté, sans la guerre. Je me suis laissée dorer sur le sable tout l'après-midi, j'ai nagé, mangé la pâtisserie qu'elle m'offrait. Je m'interdisais de penser. Ça, je sais très bien le faire. Je m'y exerce depuis des années.

Je me dédouble sciemment : le sourire dehors, la colère dedans. Je pressens qu'elle sera mon sentiment dominant désormais, une noirceur interne. Mais aussi ma source d'énergie.

Lundi 25 juin 1962

Ma tante Claire est de retour. Elle est aux Beaux-Arts de Toulon depuis un an. Elle porte des vêtements différents de ceux de ma mère. Ça fait artiste. J'aimerais aussi être habillée comme elle. Nous ne sommes pas si lointaines en âge finalement.

Elle m'a montré des tiroirs pleins de journaux de décoration et d'art. Une vraie mine !

En dehors des nombreux moments où ma grand-mère m'entraîne dehors, je passe mon temps assise par terre sur un tapis à les lire sans sauter une ligne.

Elle me fait aussi écouter sur son Teppaz des nouveaux disques de Jacques Brel et d'une dame au visage étroit et au grand nez, Barbara. Ce qu'elle chante est si poétique, pénétrant qu'elle en devient belle.

Ces textes subliment ma tristesse, je peux pleurer sans me cacher en les écoutant. Je fais attention à ce que mes grands-parents n'entendent pas certaines chansons : « Les bourgeois », pour ne pas les heurter, « Quand on n'a que l'amour ». Surtout la phrase « Quand on n'a que l'amour pour tracer un chemin et forcer le destin à chaque carrefour… ». Cette phrase symbolise leur vie, ils s'aiment, c'est sûr. Je ne peux même pas les dissocier en pensée. Ils sont une seule entité pour moi. Je ne veux pas les émouvoir.

Claire m'a emmenée à la plage cet après-midi avec ses amies. J'étais très intimidée, elles sont belles, portent des bijoux barbares, des grands anneaux aux oreilles, savent plein de choses dont je n'ai jamais entendu parler. Je n'ai pas ouvert la bouche. J'ai beaucoup écouté. Claire m'expliquera plus tard.

Dimanche 1er juillet 1962

Ce matin, j'ai accompagné mes grands-parents dans une petite église de leur quartier. Cela faisait bien longtemps que je n'assistais plus à la messe que depuis la tribune de l'orgue et la chorale. Je me sentais déclassée. Au lieu des mêmes visages tous connus de mon enfance, uniquement des inconnus ! Ma colère a dû se lire sur mon visage car ma grand-mère, pendant le sermon du prêtre s'est mis à me désigner dans l'assistance toutes les nouvelles têtes qui, comme nous, sont des « rapatriés ».

« Rapatrié » : voilà un nouveau mot que nous entendons chaque jour plus souvent que la veille.

Dans le journal que je lis après mon grand-père, je trouve un article sur nous quotidiennement. Et pas toujours affable. À les en croire, nous allons être responsables d'une crise du logement. « On voit tous les jours des centaines, des milliers de familles arriver une valise à la main. Ou les mettre ? » Mais est-ce de notre faute si nous nous trouvons là ?

À la maison, je commence à discerner les véritables sentiments des uns et des autres. Mon grand-père est souvent assis sur le canapé, les yeux dans le vague. Il reprend un air enjoué à mon approche. Je soupçonne ma grand-mère de surjouer son enthousiasme pour nous entraîner. Claire sort beaucoup avec ses amis, refuse carrément de parler de Guelma.

Elle a pourtant affiché dans sa chambre deux dessins à l'encre de Chine, des Arabes, l'un assis en tailleur contre un mur à l'ombre d'un arbre, le corps enveloppé dans sa gandoura blanche, l'autre se lavant les pieds dans une fontaine. Elle les a réalisés à partir de ces nombreux croquis qu'elle fait sur le vif à longueur de journée. Elle aussi fixe souvent avec mélancolie ces témoignages d'un autre lieu, d'une autre vie.

Mes parents nous écrivent souvent : toujours pas de billet.

Le referendum sur l'autodétermination est demain. Nous en connaissons d'avance le résultat.

Lundi 2 juillet 1962

Voilà, les Algériens ont voté « Oui » à l'autodétermination, massivement. Pourquoi ne pas dire indépendance tout simplement ?

Il va y avoir beaucoup de youyous dans les cours de maison cette nuit, cris à la fois joyeux et lugubres. Ils ont un côté sauvage qui fait un peu peur. Mes parents vont-ils rester chez eux à les écouter, où vont-ils dîner avec notre voisin Chemla, ou peut-être avec Farida et sa famille ? Je voudrais vivre cela avec eux. J'espère qu'ils sont prudents, il va sûrement y avoir des drames dans l'excitation générale.

Dans leurs lettres, ils nous disent le nombre décroissant de français autour d'eux. Je suis inquiète, mais je ne le dis pas. Je ne veux même pas imaginer qu'il leur arrive quelque chose.

Mardi 3 juillet 1962

L'indépendance sera proclamée dans deux jours, le 5 juillet.

Je n'arrive pas à faire le lien entre le monde public, la politique et ma vie à moi.

Le drapeau peut changer de couleur, je suis toujours née à Guelma. Les yeux fermés, je peux faire mes trajets habituels sans buter sur une pierre, mes copines sont Leïla, Fawzia. On devrait rayer tout ça ? Ce n'est pas une page de rédaction qu'on peut effacer. Je ne peux pas être rien dans ce pays tout d'un coup.

Je dois avoir le droit de vivre là moi aussi. Mais seule ? Sans les autres ? Où sont-ils d'ailleurs ?

Plusieurs fois par semaine, des visages connus arrivent. Avant, il y a tout juste quinze jours, le thème principal de discussion à table était : « Qui est parti ? ». Aujourd'hui, la question récurrente est « Qui est arrivé ? »

Cela en devient même risible !

Plusieurs amis proches de mes grands-parents ont choisi Toulon comme destination. Autant choisir un endroit où il y a des gens que l'on connaît. Et puis on a l'impression d'être moins loin de l'Algérie si on ne quitte pas les rives de la Méditerranée. On se retrouve chez eux, dans des appartements pleins de caisses, ou chez nous, pour des cafés avec palabres sans fin.

– Et si de Gaulle avait fait ceci ? Ou cela ? Et si on avait écouté Ferhat Abbas, Messali Hadj et si…

Ils essaient de refaire l'histoire et concluent :

– *Mektoub !* avec un geste fataliste, alimenté par les soupirs des femmes et les sourires amers des hommes.

Mercredi 4 juillet 1962

Mes grands-parents se sont offert un poste de télévision ! Alors ça, c'est intéressant. On nous l'a livré hier après-midi.

Jusqu'à présent, nous en avions juste vu allumés dans des vitrines de magasins. Nous avions les images, mais pas le son ! Nous étions fébriles, même un peu craintifs, en le mettant en marche. C'était formidable. Nous nous sommes installés devant la mire, avant même le début des émissions. Nous avons dîné devant les informations. Le soir, il y avait un match de catch. Ma grand-mère hurlait de rire littéralement. Moi, je n'ai pas trop aimé ces gros bonshommes qui se tapaient dessus. Ils se tordaient le nez, les oreilles. C'était du chiqué comme disaient les copains. Grotesque ! J'attends les films avec impatience. J'en ai si peu vu, mes parents avaient trop peur d'un attentat pendant la séance pour m'y emmener.

Jeudi 5 juillet 1962

Ce soir aux informations, nous avons pu voir les manifestations de joie en Algérie pour fêter l'indépendance. Je crois que c'est pour voir ces images que mes grands-parents ont acheté une télévision alors qu'on n'a pas beaucoup d'argent.

Les masques sont tombés. Tout le monde pleurait. Ma grand-mère a évoqué en sanglotant la tombe de son fils où elle ne pourrait plus se recueillir. Mon grand-père essayait de rester digne, c'est lui qui était le plus émouvant de nous tous. Au milieu de nos larmes, nous répétions comme des machines :

– Il le faut, c'est le sens de l'Histoire.

Oui c'est l'Histoire, mais qu'est-ce qu'on va devenir, nous ? On va vraiment rester ici ? Il me tarde que mes parents reviennent. Que décideront-ils ? Rester ici définitivement, repartir là-bas ?

Il faut encore attendre.

Lundi 9 juillet 1962

Ça y est, mes parents vont arriver. Ils ont eu des places sur un bateau, « l'El Djezair ». Ils arrivent mercredi. Nous serons rassurés de les voir là. Des rumeurs de massacres de Français et de harkis nous parviennent de ceux qui sont encore là-bas. Mes parents ne nous ont rien dit de tel dans leurs lettres, mais ils ne veulent peut-être pas nous inquiéter. Les journaux ne parlent que de manifestations de liesse, mais ça ne signifie rien. Je n'exprime surtout pas mes inquiétudes à mes grands-parents.

Pour nous distraire de nos craintes, ma grand-mère, toujours la tonique du groupe, m'entraîne à la plage chaque jour. Nous adorons toutes les deux cela. Parfois Claire nous accompagne. Mon grand-père, jamais. Il a toujours eu la plage en horreur. Les rares fois où je l'y ai vu, il restait entièrement habillé et ne concédait à ma grand-mère que de défaire le premier bouton de sa chemise.

Lorsque j'enfonce mon dos dans le sable chaud, que je me laisse porter par les vagues, je distance un peu mes idées fixes. Je mets mes oreilles sous l'eau, je deviens sourde et c'est comme une barrière entre ce monde que je n'aime pas et moi.

Hier soir, j'étais enragée. Mes grands-parents m'ont interdit de voir le film « Le blé en herbe » d'après le roman de Colette, à la télévision, parce que c'est une histoire d'amour entre deux adolescents. C'est exagéré. J'ai déjà lu tous les « Claudine » en cachette. Mais je ne pouvais pas le leur dire. Ils se mettraient peut-être à surveiller mes lectures !

Geneviève, une amie de la famille, de l'âge de mes grands-parents, est arrivée de Guelma, il y a deux mois. C'est une institutrice à la retraite. Coup de chance : un appartement au-dessus du nôtre s'est libéré à ce moment-là et elle a pu l'acheter tout de suite. Elle a emménagé hier. Elle est très triste, son mari est mort de maladie juste avant le départ. À peine était-il enterré qu'elle s'est retrouvée sur le bateau. Elle passe beaucoup de temps avec nous et pleure dans les bras de ma grand-mère en pensant à cette tombe sur laquelle elle ne pourra jamais se recueillir.

À la demande de mes grands-parents, je monte la chercher après chaque dîner pour qu'elle passe la soirée avec nous devant la télévision, qu'elle ne soit pas seule.

Mercredi 11 juillet 1962

Mes parents sont arrivés ! Avec chacun deux valises de vêtements, c'est tout ! Ils ont emporté leur voiture. Elle a voyagé dans la cale du bateau.

Mon grand-père est allé les accueillir à Marseille. Ils sont revenus tous ensemble. C'était la liesse à la maison. Tout le monde parlait en même temps.

On voulait tout dire à la fois : Guelma, Toulon, ceux qui sont encore là-bas, ceux qui sont ici. Les phrases restaient en suspens, interrompues. On s'enlaçait.

Puis ma grand-mère a expliqué l'installation car il allait falloir se serrer. Mes parents ont pris la chambre de Claire. Celle-ci s'installera dans le salon sur un lit pliant. Et moi je dormirai chez la voisine du dessus, l'institutrice.

Le soir venu, je me suis retrouvée dans un petit lit, saoule de paroles.

Nous sommes réunis. Seul Érasme est encore à Guelma. Mes parents l'ont laissé à Madame Fornieri, la pharmacienne. C'était trop compliqué de l'emmener. Et puis deux mois ça passera vite. Ils le retrouveront en octobre.

On n'a pas parlé de ma rentrée scolaire. En fait, on n'a vraiment parlé de rien. On était dans l'euphorie des retrouvailles.

Mon père m'a apporté une petite coupure de presse, de la « dépêche de Constantine », avec le classement de tous les élèves du département pour le passage en seconde. Je suis à la fin du premier tiers.

C'est moyen. Mais Leïla, elle, est seconde ! C'est formidable. Pourvu qu'on lui permette de continuer ses études !

Jeudi 12 juillet 1962

Ce matin, après m'être levée chez notre nouvelle voisine, j'ai découvert dans son salon une grande bibliothèque bourrée de livres de poche. Alors là, j'étais très, très contente. Je lui ai tout de suite demandé si je pouvais lui en emprunter. Elle a eu l'air ravie de mon intérêt :

– Bien sûr Ariane, tant que tu veux.

J'en ai tout de suite pris trois et je suis descendue chez mes grands-parents. Je ne monte chez la voisine que pour dormir, une fois en pyjama.

À peine attablés au petit déjeuner, les discussions sérieuses ont commencé ! Ma grand-mère a tout de suite attaqué :

– Vous ne pouvez pas retourner à Guelma. Vous allez être seuls, plus un Français, ou si peu.

Ma mère a commencé par répondre vivement, façon « Je sais ce que j'ai à faire ». Ça tournait à la dispute comme d'habitude.

Mon père a pris la relève paisiblement, gentiment :

– Mais non, ils ont besoin de nous. Comment la rentrée scolaire aura-t-elle lieu si nous partons tous en même temps ? Il leur faut le temps d'organiser leur nouveau pays !

– C'est à eux de gérer ce problème entre autres ! a enchaîné mon grand-père.

– J'ai rencontré le docteur Pancred avant de partir. Lui aussi décide de rester et envoie ses filles continuer leurs études en France.

Et la discussion a continué…

Vers dix heures, mon grand-père sort tous les jours acheter le pain, et prendre un café au coin de la rue. Il retrouve des amis rapatriés, des gens qu'il ne connaissait pas avant.

On a acquis un sixième sens pour détecter nos « concitoyens ».

Aujourd'hui il est revenu bouleversé.

– La mairie de Bône a brûlé ! Le 21 juin et nous l'apprenons seulement aujourd'hui !

– Oui, j'allais vous le dire, a répondu mon père. J'attendais un moment de calme, je savais que vous seriez blessé.

– L'état civil a totalement brûlé ! Nous n'avons plus de papiers, les archives n'avaient pas encore été déménagées.

– Qui a fait cela ? est intervenue ma grand-mère, l'OAS, sans doute !

– Ça ne serait pas étonnant.

Chacun réfléchissait, morose, aux conséquences.

– On va me demander une feuille d'état civil pour Ariane pour son inscription au lycée, a commenté mon père.

Personne n'a répondu.

Au bout d'un moment, ma grand-mère a conclu, pragmatique :

– Bon, ça ne nous empêche pas d'être vivant.

– Oui, mais cela représente bien des emm… en perspective ! a rétorqué, agacé, mon grand-père.

Au bout d'un grand moment, c'est moi qui suis revenue à la charge :

– À quel lycée vais-je aller ?

– Au lycée Bonaparte, a répondu sans hésiter ma grand-mère, c'est le lycée de filles le plus proche. Et il est tout neuf.

Cette fois c'est moi qui ai explosé, j'ai laissé ma colère s'exprimer.

– Pourquoi devrais-je aller dans ce lycée français ? Le lycée Mercier à Bône sera ouvert comme d'habitude à la rentrée. Tu viens de le dire papa ! Les cours seront en français, comme avant, je l'ai lu. Alors pourquoi pas pour moi ?

Je criais. J'étais furieuse. Furieuse de ces décisions prises pour moi sans tenir compte de mes souhaits.

– Mais enfin, s'est énervé mon père, tu as compris que l'Algérie n'est plus un département français ?

Moi je peux reprendre mon poste, détaché par l'administration française, il y aura des accords entre les deux pays, mais toi, tu as des études à faire ! Quel fou t'inscrirait hors de France ?

Je n'ai rien trouvé à répondre, je suis partie pleurer dans mon coin.

Ma mère est venue me voir :

– Tu nous rejoindras aux vacances, calme-toi.

Je n'ai pas le choix. Alors, assise par terre derrière une porte, pour m'aider à ignorer ce qui m'entoure, je me suis plongée dans un des livres de la voisine. *Vipère au poing* de Bazin.

Lundi 16 juillet 1962

Ce matin, j'ai entendu une discussion entre mes grands-parents. Ils se croyaient seuls, mes parents étaient partis au marché et moi, au dernier moment, j'étais restée lire dans un coin. Bazin, c'est très bien. J'ai envie d'appeler maman « Folcoche » par moments, comme le surnom de la mère du héros dans le livre.

Leur discussion portait sur l'argent.

Mon grand-père était inquiet car, depuis sa retraite, il y a plusieurs mois, il ne touche qu'une demi-pension, celle qui correspond à sa première carrière, dans l'armée. Rien encore pour sa deuxième vie, comme il dit, comme secrétaire général de mairie.

Ma grand-mère le rassurait.

– Ne t'inquiète pas, Moune, on va faire très attention aux dépenses, on va s'en sortir.

« Moune », c'est le surnom tendre de mon grand-père. Il s'appelle « Aimé » en vrai.

– Avec tout le surcroît de travail pour l'administration avec le retour de milliers de rapatriés, ça ne va pas accélérer les démarches, a continué Moune.

– On ne dit rien aux enfants, a décidé ma grand-mère.

– Oui, ils ont assez de soucis eux aussi.

J'ai compris pourquoi ma grand-mère faisait attention aux achats.

Quand je regardais avec envie une robe dans une vitrine, elle me disait en palpant le tissu :

– Regarde comme ce tissu est de mauvaise qualité ! Alors que le modèle est joli. Ils se moquent du monde, à ce prix-là ! Nous allons acheter un tissu de bonne qualité chez Bouchara et je te ferai le même modèle, tu verras.

Je ne suis pas rassurée. Va-t-on s'en sortir ? Mes parents n'ont jamais eu un sou de côté. Je les entends se disputer sur ce thème depuis ma naissance. Et mes grands-parents risquent de manquer eux aussi. Avec quoi va-t-on vivre ? Il faut que je fasse attention à ne pas manifester d'envie, sinon ma grand-mère va s'ingénier à me satisfaire comme pour la robe.

Mes parents tiennent bon, ils ne changent pas d'avis. Ce qui angoisse mes grands-parents.

Quand maman en a assez entendu, ou que le ton monte, nous partons à la plage. Parfois en préventif, avant l'arrivée des amis. Papa est convaincu d'avoir un rôle à jouer dans cette nouvelle société. Je soupçonne maman toujours théâtrale de jouer les héroïnes sans peur.

À la plage, nous retrouvons nos habitudes, quel que soit le côté de la Méditerranée sur lequel on se trouve. Maman part nager très loin, jusqu'à ce que sa tête ne soit plus qu'un point dansant sur les vagues. Papa, debout, les orteils dans l'eau, une main en visière au-dessus des yeux, regarde fixement ce point et essaie de deviner des signes de détresse ! Maman revient glorieusement au bout de longs quarts d'heure, s'allonge lascivement sur sa serviette et réclame qu'on lui frotte le dos, qu'on lui passe sa crème solaire, qu'on secoue sa serviette qui a du sable, qu'on lui tende sa brosse à cheveux, « là, dans ce sac, mais non, Ariane, pas dans cette poche, l'autre enfin », qu'on lui apporte une glace qu'elle repousse avec agacement « Mais non enfin, Gil, pas de vanille, tu sais bien, moi c'est uniquement, exclusivement du chocolat. Non, puis finalement, j'ai envie d'un café. Regarde, par là-bas, il y a un bar… ». Moi j'ai envie de la gifler quand elle nous fait tourner en bourrique comme cela, en jouant sur l'inquiétude que mon père vient de ressentir pour elle. Mais finalement, elle obtient tout ce qu'elle veut ! Et mon père la regarde siroter son café avec un sourire attendri et agacé à la fois.

Mercredi 25 juillet 1962

Nous avons reçu une lettre de mon parrain, l'abbé Sidey, curé de Bugeaud. Son évêque lui a fait connaître sa mutation. Il a eu une semaine pour quitter sa petite église restaurée pierre après pierre, son bas-relief ciselé centimètre par centimètre, pour une paroisse de Charente-Maritime. Il paraît qu'il pleut beaucoup par là-bas. Il accepte avec résignation. Que peut-il faire d'ailleurs ? Il craint que son paludisme ne le reprenne dans cette humidité. Il dit s'en remettre à Dieu !

Alors là, maman a commenté avec un sourire narquois :

– Il doit vraiment se sentir mal pour parler comme un curé ! Ça ne lui ressemble pas.

En réalité, vu le temps qu'a mis la lettre à nous parvenir, il doit être sur le bateau à cette heure. Nous sommes tous malheureux pour lui.

La montgolfière et notre course dans la montagne me paraissent infiniment loin. Pourtant, c'était il y a moins de quatre mois. Le temps est dérisoire, il semble s'étirer avec notre tristesse.

Où peut être mon professeur de piano, elle si âgée ? Elle était encore à Guelma quand mes parents en sont partis. Mais maintenant ? Personne n'a entendu parler d'elle.

Jeudi 2 août 1962

Nous sommes tous dans l'expectative, chacun pour quelque chose de différent, mais qui ne dépend pas de nous. Parfois, on ne sait même pas vraiment ce que l'on attend.

Les fonctionnaires attendent une mutation officielle, craignent que leur salaire ne soit pas viré régulièrement. Les artisans guettent la promesse d'une aide aux rapatriés pour installer leur nouvelle entreprise. Les cultivateurs ne savent pas quoi faire d'eux-mêmes. Comment occuper ce temps libre, eux qui sont habitués aux gros travaux des champs ? Ils parlent mieux l'arabe que le français. C'est le cas d'un couple de nos connaissances : la femme traduit les propos de son mari. Je ne sais pas de quoi ils vivent.

Moi aussi j'attends, assise par terre dans un coin, le nez dans un livre. J'attends la rentrée, ce nouveau lycée, la vie quotidienne sans mes parents, l'hiver en France. Tout est inconnu dans mon avenir proche.

De temps en temps, une question précise se forme : « Comment vais-je récupérer mes vêtements d'hiver ? Je n'ai que des robes d'été. On ne va pas tout racheter. Tout le monde a des soucis d'argent. »

Mais je garde mes interrogations pour moi.

Et le piano ? À ma grande surprise, il commence à me manquer. Moi qui croyais le détester et rêvais d'en être débarrassée ! Je ne pourrai jouer que lors de mes vacances à Guelma désormais. Autant dire pas beaucoup. Plus de cours. J'écoute à la radio par-ci par-là des morceaux qui me plaisent bien. Et Claire a quelques disques de musique classique. J'adore *Les jardins sous la pluie* de Debussy. Mais je n'arriverai jamais à jouer des textes pareils en ne disposant d'un instrument que quelques semaines par an.

Pour ne pas tourner en rond des journées entières, nous partons à la plage. Au moins, c'est gratuit.

Jeudi 9 août 1962

Hier matin, mon père m'a entraîné sur les pentes du mont Faron. Nous sommes montés jusqu'au sommet, à l'arrêt du téléphérique. Nous l'avons vu passer juste au-dessus de nos têtes !

Au début, le chemin serpente entre les maisons, des belles propriétés. Puis il y en a de moins en moins et enfin plus du tout. Papa a remarqué que je tournais la tête à droite et à gauche en marchant, que j'observais les groupes d'arbres, les buissons serrés. Il a vite compris.

– Mais non Ariane, il n'y a rien d'inquiétant ! Oublie, c'est fini ce temps-là ! C'est la paix maintenant.

Sans que je réponde, il a ajouté :

– Oui, on en a rêvé, mais pas de cette façon. Pas au prix de la séparation.

J'ai senti que j'allais pleurer si j'essayais de parler.

On a continué en silence, jusqu'au moment où nous avons pu contempler la rade et ses bateaux de guerre depuis le sommet.

Le soir, je suis allée au cinéma. C'était la première fois depuis mon arrivée ici ! J'attendais ça avec impatience. Ma grand-mère m'a proposé *La guerre des boutons*. J'ai accepté avec empressement. Mes parents n'ont pas voulu nous accompagner, ils sont tellement préoccupés.

Nous avons adoré le film. En sortant, nous riions toutes les deux en répétant les répliques de Petit Gibus, tout en marchant. Mais en même temps, j'avais de plus en plus peur d'être ainsi dehors dans la nuit. Ma grand-mère, mi-rieuse, mi-agacée me disait :

– Mais Ariane arrête de courir enfin, je ne peux pas suivre !

Je n'ai été rassurée qu'en arrivant en bas de notre immeuble.

Mais dans mon lit, ma peur oubliée, j'ai continué à rire toute seule !

Mercredi 15 août 1962

Nous ne ratons pas un journal télévisé le soir.

On parle tous les jours ou presque de l'Algérie. Ben Bella et le GPRA ne sont pas d'accord entre eux. Des élections doivent être organisées. Mais il est aussi question de coup d'État.

Nous avons abandonné les harkis. Ils se font massacrer par les membres du FLN. Des soldats de retour en France nous l'ont dit. Nous sommes tous écœurés, surtout mon grand-père, un ancien militaire :

– On n'abandonne pas ses troupes. Quelle lâcheté, quelle honte !

Il paraît même qu'on a exigé qu'ils rendent leurs armes avant de les abandonner, sans défense.

Des rumeurs nous disent aussi que des Français ont été massacrés par centaines au cours des fêtes de l'indépendance, mais que le gouvernement français le cache.

Je savais bien que le cessez-le-feu n'arrangeait pas tout.

Je commence à avoir peur pour mes parents. Il n'y a presque plus de Français à Guelma. En deux mois la ville s'est vidée. Peut-être qu'ils devraient rester en France. Mais alors, nous ne reverrions plus notre ville, plus jamais.

Nous vivons avec la sensation d'un tremblement de terre imminent sous nos pieds.

Pour nous changer les idées, mon père me fait un peu réviser le latin chaque jour. Comme le piano, ça commençait à me manquer un peu.

Lundi 20 août 1962

Les discussions s'intensifient à la maison. Mes grands-parents et leurs amis multiplient les arguments pour que mes parents restent en France.

L'un d'eux a presque réussi l'autre jour en disant à mon père :

– Gil, les Arabes t'en veulent d'avoir caché ton inspecteur d'académie.

Il a confirmé ce que disait Bernard lors de mon BEPC.

– Et puis, a ajouté Albert, tes anciens élèves se souviennent t'avoir vu en tenue militaire et arme au côté dans les rues.

– Évidemment, s'est insurgé mon père, je prenais mon tour de garde avec les Unités Territoriales !

– Moi, je le sais bien. Mais va leur expliquer ça quand ils te menaceront !

J'ai senti mon père vaciller. Cette mauvaise foi lui a imprimé un rictus amer sur le visage.

Depuis, je les entends parler à mi-voix, maman et lui. Pour une fois, ils ne se disputent pas, réfléchissent ensemble. Hier soir, papa a conclu plus fort :

– Il faut se décider rapidement que je puisse avoir ma mutation en France ou un statut délégué si nous restons à Guelma.

Maman pleurait.

Je ne sais même plus ce que je souhaite. Je veux retourner à Guelma, mais je ne veux pas savoir mes parents en danger. Il n'y a pas de bonne solution.

Dimanche 26 août 1962

Un petit bulletin nommé *Le lien* a fait son apparition. D'aspect très modeste, il a la taille d'un grand carnet. À l'intérieur, des listes de noms et d'adresses :

M. Mme Tartempion et leurs enfants, anciennement rue Jugurtha à Didjelli, actuellement 2 rue Saint-Dieudonné à Saint-Raphaël. Prière à notre cousin Marcel anciennement à Collo, et à tout membre de notre famille et amis de faire connaître leur nouvelle adresse.

Ce bulletin a un énorme succès. On se le repasse de mains en mains. Quand on trouve un nom connu, c'est la liesse, on commente, on se promet d'écrire.

Il paraît que c'est un évêque, Monseigneur Dagon de la Conterie, qui a eu cette idée. Une riche idée.

J'ai cherché plusieurs noms : ceux de mon professeur de piano, de mes camarades de classe, de jeu dans la cour. Tous ceux que je voyais au quotidien.

Je n'ai rien trouvé jusqu'à maintenant. Est-ce que je les reverrai un jour ?

J'ai appris la date de ma rentrée : le 21 septembre. Et je passe l'examen de latin le 15 septembre.

J'ai envie de hurler que je m'en fiche, que cela ne me concerne pas, que je n'ai rien à faire dans ce lycée. Mais je suis bien obligée de rentrer ma colère et de me préparer.

Lundi 3 septembre 1962

Mes parents ont pris leur décision : ils quittent l'Algérie.

Ils l'ont annoncé au petit déjeuner, avec un air solennel et infiniment triste.

– Nous ne prendrons pas de risque supplémentaire après sept ans de guerre, a commenté papa.

Maman pleurait.

Mes grands-parents étaient soulagés, Claire aussi :

– Et vos affaires, comment les récupérer ? a poursuivi ma grand-mère.

Mon grand-père a aussitôt enchaîné :

– Gil, mon fils, tu ne peux pas retourner faire le déménagement, c'est trop risqué pour toi. Laisse Suzanne s'en charger. Elle n'a été mêlée à rien.

– C'est aussi ce que nous avons pensé, a approuvé maman. Dès aujourd'hui nous allons nous préoccuper d'un billet de bateau et d'un cadre pour le déménagement.

– Le billet aller, tu n'auras pas de mal, le retour sera plus dur à obtenir.

Mes parents se sont préparés rapidement. Leur décision prise, ils donnaient l'impression d'avoir hâte d'en finir. Peut-être la peur de changer d'avis ?

Plus tard, ils sont revenus de l'agence Havas l'air préoccupé : maman avait eu un billet d'aller-retour en bateau, y compris une cage pour le chien au retour. Oui une cage !

Et un délai d'une semaine sur place entre les deux, pour tout régler. Tout le monde approuve, plus de temps aurait augmenté un potentiel danger.

Elle n'a pas pu réserver de cadre, un de ces conteneurs dans lesquels on stocke les meubles pour les déménagements. Il y a une telle demande que la compagnie ne peut plus en fournir.

Elle doit partir le 10 septembre, dans une semaine, sur le « Président de Cazalet ». En cabine à l'aller, en pont pour le retour, il n'y avait plus que cela.

Cet après-midi, mon père a rédigé sa demande de mutation. Il a regardé fixement l'enveloppe fermée un bon moment avant de se lever et me dire :

– Tu viens avec moi jusqu'à la poste, Tofla ?

Je l'ai accompagné, ma main dans la sienne. En glissant l'enveloppe dans la boîte, il a murmuré :

– Il le faut.

Voilà, plus d'espoir. Tout ce que je redoutais est arrivé. Où sont mes rêves de retour à Guelma pendant les vacances, mon projet de maison mauresque à Bugeaud, avec la mer à mes pieds ?

Je ne reverrai plus mes amies, Farida. Je ne saurai pas si Leïla a pu poursuivre ses études.

Je ne veux plus penser, que ma tête hiberne. Vivre heure par heure sans réfléchir. Aller au lycée, travailler, apprendre mes cours, regarder la télévision, lire, lire, lire. Ne rien voir, ne rien penser, ne rien sentir, ne plus pleurer. Se dédoubler. Garder ma colère. Elle seule sera source de mon énergie, de ma survie.

Mardi 4 septembre 1962

Claire m'entraîne à la plage avec ou sans ses amies, presque tous les jours. À la maison, ce ne sont que discussions toute la journée sur le voyage de maman.

– Si on téléphonait depuis la poste à Boudjamel le menuisier, il pourrait te préparer un cadre ? a proposé ma grand-mère.

– Il vaut mieux que son arrivée ne soit pas connue, a argumenté mon grand-père.

– Je pourrais demander à Chemla, notre voisin, de s'en occuper pour moi, ce serait plus discret, a réfléchi ma mère.

– Tu penses, on lui demandera à qui ce cadre est destiné. On sait bien que ce n'est pas lui qui déménage.

Et puis c'est peut-être délicat pour lui. On ne sait pas quelle est l'atmosphère là-bas.

Là-bas ! C'est déjà là-bas. Si proche dans le temps, si loin dans l'histoire.

J'ai lu une fois une histoire de ville fantôme vidée de ses habitants. Dans notre cas, presque toute la population a disparu. Les magasins sont-ils fermés, les maisons inhabitées ?

Lundi 10 septembre 1962

Maman est partie. Mon père et mon grand-père l'ont accompagnée au bateau à Marseille.

Maintenant, il nous faut attendre, encore attendre. Elle ne nous écrira sans doute pas, le temps que le courrier arrive, elle sera revenue avant. Surtout maintenant que la France n'assure plus la Poste.

Papa énumère chaque jour en hochant la tête, l'air consterné, les services que le nouveau gouvernement algérien va devoir réorganiser en urgence. La santé, l'enseignement, les transports, les banques…

Je n'arrive pas à être vraiment inquiète pour maman malgré les rumeurs inquiétantes qui nous parviennent. Les lieux et les personnes nous sont tellement familiers. Je ne peux croire qu'on lui veuille du mal maintenant que l'indépendance est acquise.

Mon père et mes grands-parents ne partagent pas ma confiance. Je les sens tendus.

Ils parlent beaucoup argent aussi. Mon père craint de ne pas toucher de paye plusieurs mois de suite. Ils n'ont aucun argent de côté. Que restera-t-il après les frais du voyage, du déménagement ? Comment ferons-nous pour vivre ? Et papa ne sait pas que mon grand-père ne touche que la moitié de sa pension.

Je passe mon examen de latin dans quelques jours. Papa me fait un peu réviser, mais il est distrait. Parfois il laisse son explication de grammaire en suspens au milieu d'une phrase.

Mercredi 12 septembre 1962

Maman doit être à Guelma depuis deux jours.

Il était prévu que Monsieur Chemla viendrait la chercher à Bône. Papa a pu le joindre par téléphone pour lui demander ce service. Il a promis d'aider maman à régler au mieux tous les problèmes qu'elle rencontrera.

Je suis perplexe car maman s'occupe très peu des choses habituellement. Surtout quand je la compare aux autres mamans, à ma grand-mère. Elle passe des heures à lire sur son lit. Pas de courses, pas de cuisine, pas de ménage. Mais quand elle veut obtenir quelque chose, elle a un immense pouvoir de persuasion. C'est dur de résister.

Nous verrons si elle a su utiliser ses talents !

En attendant son retour, je m'ennuie un peu. Nous allons moins à la plage. Le cœur n'y est pas. Je fais comme maman, je lis l'essentiel de la journée, assise par terre, jusqu'à être hébétée. Ma grand-mère vient de temps en temps me débusquer et me fait sortir avec elle. Mais même elle a moins d'entrain qu'il y a quelques semaines.

Il me semble que quand maman sera revenue avec nos affaires, quelque chose se dénouera. Nous reprendrons le fil de notre vie, nous cesserons d'attendre.

La rentrée scolaire est toute proche, mais je n'arrive pas à m'y intéresser.

Samedi 15 septembre 1962

Ça y est, j'ai passé mon examen de latin. Papa a regardé mes brouillons et a dit que ce n'est pas trop mal pour quelqu'un qui n'avait jamais appris ses cours de grammaire et faisait faire son travail par son père et professeur.

Il a conclu :

– ça veut dire que je ne suis pas un prof trop nul.

On a bien ri !

Geneviève, notre voisine et amie institutrice, est bien contente que je dorme chez elle. Elle serait très seule si notre famille n'était pas là. Elle passe toutes les soirées avec nous devant la télévision. Puis nous montons nous coucher. Le matin, je bavarde un peu avec elle avant de descendre chez mes grands-parents.

Nous parlons en général des livres qu'elle me prête. Elle est enchantée de mon débit de lecture. Elle me fait alterner dans mes choix des polars, elle a presque tous les Agatha Christie, et des « vrais » livres, comme elle dit. Je ne discute pas, je prends tout.

Heureusement qu'il y a cette bibliothèque et la télévision.

Mardi 18 septembre 1962

Maman est revenue ce matin, fatiguée, accompagnée d'Érasme. Son bateau a accosté à Marseille vers 8 heures du matin après une traversée calme. Papa l'a accueillie au pied de la passerelle.

À leur arrivée à Toulon, tout le monde jubilait et parlait en même temps. Même Érasme, surexcité de nous retrouver, ponctuait ses battements de queue frénétiques par des jappements brefs. Il ne quittait pas des yeux mon grand-père, son maître depuis sa naissance. Ses oreilles rabattues sur sa tête, ses yeux brillaient d'attention et de joie. Geneviève est descendue, dans sa hâte des dernières nouvelles.

Je devinais que cet après-midi, tous nos amis guelmois défileraient à la maison.

Au bout de quelques minutes, mon grand-père a pris les choses en main :

– Allez, on pose les bagages dans la chambre et on s'assied tous. Toi, Lucie, tu nous fais un café et tu sers ton gâteau.

Ma grand-mère, frétillante de joie, a foncé vers sa cuisine. Moi, j'ai remarqué que papa était un peu triste. Il a eu la primeur des nouvelles pendant le trajet vers Toulon. Tout ne devait pas avoir réussi.

Maman s'est passé la main sur le front.

– Oh ! Mon Dieu, par quoi commencer, il y a tant à dire !

– Eh bien par le commencement ! Ton arrivée à Bône d'abord.

– Oui. La traversée s'est très bien passée. Temps calme, mer calme, pas une vague. À l'arrivée Chemla était là, dans sa Caravelle décapotable vert anis, toujours mondain. « Chère amie, etc. ».

À l'arrivée, à part moi, il n'y avait pas un Français. Par contre, on a longé le quai d'embarquement. Le « Général Chanzy » était prêt à partir. Une foule de Français se pressait devant les passerelles. Chemla m'a dit : « c'est comme ça tous les jours. Et à l'aéroport, c'est pareil ». Nous sommes partis vers Guelma sans traîner. En route, il m'a mise au courant, c'est-à-dire qu'il m'a énuméré pendant quasiment les soixante kilomètres les noms des exilés. À la fin je lui ai dit :

– Dites-moi plutôt qui reste ?

– Eh bien, hésitait-il, le docteur Pancred, il a fait partir ses enfants, mais sa femme et lui sont restés, la pharmacienne Fornieri, quelques personnes très âgées, seules, qui ont décidé qu'il était trop tard pour aller mourir ailleurs ! Et puis d'autres que j'oublie. Mais il reste très peu de Français. Je pensais que votre mari et vous resteriez. J'ai été bien déçu après votre coup de téléphone. La population arabe ne comprend pas votre exode. On croyait bâtir notre nouveau pays avec vous, et tout le monde s'en va en abandonnant tout.

– Mais comment voulez-vous ? Nous par exemple, mon mari est fonctionnaire français ! Et puis la sécurité !

– Oh ! il y aura des accords entre nos gouvernements pour ceux qui resteront. Pour la sécurité vous n'avez rien à craindre.

– Vous ne pouvez pas affirmer cela, votre gouvernement n'arrive pas à se former. Vous n'êtes pas d'accord entre vous. Alors quelle sécurité ?

D'un geste las de la main, il m'a répondu :

– Vous avez mis quasiment un siècle à vous remettre de la Révolution française. Nous, nous avons moins de trois mois d'existence, alors vous voyez, nous avons encore de la marge.

On arrivait à Guelma, alors on a arrêté de parler. Je pleurais, il m'a pressé la main en silence. Devant notre immeuble, pas d'autres voitures que la sienne. À part son appartement, que des volets fermés. Plus personne, une maison fantôme. Nous sommes montés au premier étage. Devant notre palier, il a compris que je préférais être seule. Il m'a dit :

– Tapez à notre porte quand vous serez prête, j'ai beaucoup de choses à vous expliquer. Ce soir, vous dînez chez nous.

Et il est rentré chez lui. Chez nous, Gil, tout était comme quand nous sommes partis. Farida était venue tout nettoyer à fond, comme après chaque départ en vacances. J'ai ouvert les volets, les vitres pour aérer. Tout était bien rangé. Je me suis assise et je me suis demandé ce que je faisais là, seule, sans toi Gil, sans vous tous !

Pourquoi partions-nous ? C'était un mauvais rêve qui allait disparaître si je fermais les yeux. Mais non c'était bien la réalité.

Farida est arrivée presque tout de suite, accompagnée d'Attika, sa nièce. Toutes les deux pleuraient. Je ne sais comment, la rumeur de notre départ s'était répandue. Elles ne pouvaient y croire. Quand je le leur ai confirmé, leurs pleurs ont redoublé.

– Que va-t-on devenir sans vous tous ? Où travailler ? Où se faire soigner ? Où nos enfants iront-ils à l'école ?

Je pleurais avec elles, sans réponse. Quand nous nous sommes calmées, je lui ai dit :

– Je vais avoir besoin de ton aide pendant ces quelques jours pour tout emballer.

Elle a pincé les lèvres d'un air sceptique :

– Tu sais, beaucoup de Français ont voulu commander un cadre pour leur déménagement, ils ont dû renoncer, il n'y en avait plus. J'ai demandé à Boudjamel de t'en fabriquer un, il n'a pas voulu avant de te voir. Et encore, il a ajouté : « si j'ai assez de bois ! » Ton voisin Chemla aussi lui a demandé, il va t'expliquer. Tu ne veux pas dormir à la maison ? Ce n'est pas bon d'être seule.

– Non merci, tu sais comme j'ai du mal à dormir. Il vaut mieux que je sois chez moi. Chez moi ! pour si peu de temps.

Elle est partie, en me promettant de revenir aux nouvelles demain matin. Et elle m'a laissé une part de couscous sans viande pour le déjeuner. En disant « sans viande », maman n'a pas pu s'empêcher de couler un regard oblique vers ma grand-mère. Ça signifiait « Tu vois, sans viande, elle me connaît, elle ! ».

Mon grand-père a pincé les lèvres, agacé, alors elle a continué.

– Je me suis un peu reposée. Il faisait très chaud. Puis je suis allée à la pharmacie Fornieri récupérer Érasme. Il était fou de joie quand il m'a vu. Il était couché derrière le comptoir à mon arrivée. D'un seul bond, avec un grognement, il m'a mis les pattes sur les épaules et m'a léché le visage. Je n'ai pas pu l'en empêcher ! Il sautait, battait de la queue avec des petits jappements aigus. Tout le monde riait. Il a bien fallu dix minutes pour qu'il se calme et que la pharmacienne puisse me parler. Elle m'a entraînée dans son bureau. Elle parlait à voix basse. Elle voulait des nouvelles de tous ceux qui sont ici, à Toulon. Elle m'a fait avec amertume le décompte des Français encore à Guelma. Plus beaucoup.

– Et encore, a-t-elle ajouté, chaque jour qui passe en voit encore partir. Mes employés français, mes voisins. Même vous ! Je pensais que votre mari resterait enseigner. Il me reste Samir pour m'aider à la pharmacie.

– Qu'allez-vous faire ? Vous vous sentirez bien seule si vous restez.

– C'est sûr. Il y a encore le docteur Pancred pour faire des ordonnances !

Samir m'a fait une proposition de rachat, ridiculement basse. Mais je sais bien qu'il ne peut pas faire plus. Et personne ne me fera une autre offre. Lui avec son diplôme de préparateur en pharmacie, avec le nouveau régime, pourra être responsable d'une pharmacie au moins quelques années.

On a encore un peu bavardé, puis je suis partie chez Boudjamel, avec Érasme qui tirait sur sa laisse. Tiens, Ariane, je suis passée devant la maison de ton professeur de piano, mademoiselle Garnier. Les volets étaient fermés. Un mendiant au coin de la rue m'a dit que c'était inhabité depuis plusieurs semaines. Va savoir où elles sont, sa sœur et elle, à leur âge !

– Peut-être dans une maison de retraite de la Légion d'honneur si ça existe, a plaisanté mon père qui essayait de rester souriant.

Boudjamel travaillait à son atelier. Dès mon entrée, il m'a dit :

– Ah ! je savais que tu viendrais. Plusieurs personnes m'ont prévenu. Quel dommage que ton mari nous quitte. On a besoin de gens comme lui. Pourquoi partez-vous ?

– J'ai besoin de ma famille, de mes amis. Il n'y a plus d'école pour ma fille ici. Ce n'est plus un département français.

– Je sais bien. *Ch'Allah* ! Qu'est-ce que nous devons faire, je me demande… Tu te souviens quand j'ai fait tes meubles après ton mariage ? Un beau bureau avec un pied rond, une belle bibliothèque !

– Justement, aide-moi à les emporter avec moi. Que dans ma nouvelle vie qui s'annonce si triste, il y ait ces meubles pour me rappeler mon pays. Construis-moi un grand beau cadre que je les transporte.

– Je voudrais bien t'aider, mais j'en ai déjà fait tant pour les Français que je n'ai plus beaucoup de bois. Je vais faire au mieux, mais tu sais, ce sera de l'ordinaire, pas du costaud.

– Tant pis, on n'a pas le choix.

Il m'a laissé un moment pour aller dans sa remise voir exactement la quantité disponible et il est revenu en me disant :

– Je peux te faire un cadre de neuf mètres cubes. Trois mètres de côté.

– Mais c'est trop peu. Je ne pourrai jamais mettre tous mes meubles là-dedans !

– Je ne peux pas faire des miracles.

– Et je l'aurai quand ?

– On s'y met dès demain. Tu l'auras dans trois jours ».

Ça me faisait peu de temps pour le remplir avant de le faire transporter. Mais inutile de discuter. Je suis retournée à la maison en zigzag, en me promenant à travers toute la ville. C'était pitoyable. Des volets fermés, des magasins clos. Dans les rares qui étaient ouverts, des Arabes étaient derrière le comptoir. Employés, nouveaux propriétaires ? J'ai poussé la porte de la mercière Mikaleff, celle qui t'intimide je me demande bien pourquoi, Ariane. Elle était encore là ! J'étais tellement surprise que je ne savais pas quoi dire. Elle était encore plus petite, plus desséchée qu'il y a seulement trois mois. J'ai bégayé : « Vous êtes là ?

– Où voudriez-vous que je sois ? m'a-t-elle répondu en haussant les épaules. Une vieille comme moi ! Je n'ai pas d'enfants, ma famille est enterrée ici, à Guelma. Alors je reste. Il y aura toujours des femmes qui auront besoin de fil pour coudre ! ».

Je l'ai quittée et j'ai continué mon périple. J'enviais Érasme. Lui n'avait pas de mélancolie ! Il gambadait, j'avais fini par lui enlever sa laisse, il tirait trop. Tout disait sa joie de nos retrouvailles. Je suis passée chez le docteur Bedrif bien sûr. Au cabinet puis à la maison. Cabinet fermé. C'est la première fois que j'ai vu sa salle d'attente, la cour, vide ! Arrivée devant sa maison, j'ai sonné. La bonne, Fatma, la grosse, m'a ouvert la porte. Derrière elle, il y avait plein de monde, femmes et enfants, qui se pressait.

– Qui est-ce ? lui ai-je demandé.

– Ma famille ! Ils m'aident à tenir la maison.

– Les Bedrif sont partis quand ?

– Il y a quinze jours, après toi.

– Qu'est-ce qu'ils t'ont dit de faire ?

– Garder la maison, *rlass* ! C'est tout ! Alors je garde. Je vis ici, je dors ici et ma famille est venue pour que je ne sois pas seule.

– Mais ils reviennent ?

– Et comment je le sais, moi ?

Je suis repartie. Je me suis rendue à l'agence en ayant peur de trouver porte définitivement close. Heureusement le vieux moustachu, le père Ben Moussa était là, identique à lui-même.

– Alors vous l'avez eu votre cadre ? m'a-t-il dit tout de suite.

– Oui neuf mètres cubes ! ai-je répondu, déconfite.

– Ne vous plaignez pas. Boudjamel, comme tout le monde, est attaché à votre père et à votre mari, sinon vous n'auriez même pas eu ça. Beaucoup sont partis avec deux valises.

Alors quelle est la date de votre billet de retour, que je vous trouve une place ?

Je lui ai indiqué. Il a téléphoné tout de suite au bureau de Bône. Il y avait encore de la place dans les cales du bateau et ils ont enregistré le cadre. Ils voulaient savoir où il devait être transporté ensuite. Je n'en savais rien. Où vivrons-nous ? Alors, où diriger nos meubles ? Ils ont proposé de le garder dans un hangar pour conteneurs au port de Marseille. J'ai accepté cette solution, mais ça nous coûtera un loyer mensuel.

– Un camion vous apportera le cadre tôt le matin, la veille du départ, puis l'emportera au bateau après son chargement.

J'étais contente tout de même d'avoir organisé l'essentiel dès le premier jour. J'ai un peu bavardé avec le père Ben Moussa. Je lui ai demandé ses projets.

– Je partirai moi aussi, comme les autres. Mais j'attends encore un peu. Ma famille est déjà en France. Si je ferme l'agence maintenant, comment feront les derniers pour partir ? Vous, si vous aviez trouvé ma porte close, qu'est-ce que vous auriez fait ? Encore, vous avez la voiture de Chemla à votre disposition. Vous pouvez aller au bureau de Bône. Mais eux aussi fermeront. De toute façon, tous les Juifs vont partir. Depuis la loi Crémieux, on est devenus occidentaux, plus qu'orientaux. Notre avenir est en Europe. Et ici il y aura encore des pogroms. Le dernier n'est pas bien loin, en 1934 ! Je n'ai pas oublié, même si j'étais enfant. C'est la tradition entre juifs et Arabes, on pourrait dire.

Je n'ai pu qu'approuver, il avait raison.

Je suis retournée à la maison. J'ai pu prendre une douche. Le chauffe-eau marchait bien. Puis, je suis partie dîner chez les Chemla. C'est la première fois que je prenais un repas chez eux. Je me demandais si sa femme serait à table avec nous.

Eh bien oui, elle m'a reçue, habillée à l'européenne. C'est une belle femme ! Elle parle un français un peu hésitant, mais correct. C'est fou, pendant toutes ces années, je n'ai jamais échangé un mot avec elle, je l'ai tout juste aperçue dans l'encadrement de sa porte d'entrée, me faisant un signe de tête. Elle est restée toute la soirée avec nous, mais a peu participé aux discussions. Elle nous écoutait en approuvant parfois de la tête. De temps en temps, elle allait un peu gronder ses enfants quand il y avait trop de bruit venant des chambres. Nous avons parlé à cœur ouvert. Chemla était amer du départ brutal des Français.

– Vous nous avez occupés pendant plus d'un siècle. Vous nous laissez des choses très positives : des hôpitaux, des écoles, des bâtiments publics prestigieux, des réseaux routiers, ferroviaires. Vous nous avez même donné un nom : Algérie. Avant, nous n'étions que la Régence d'Alger ! Notre moyenne d'âge est presque équivalente à celle de la France pour des classes sociales identiques. Et maintenant, au moment de notre envol – tu sais, Gil, combien il aime les formules fleuries de lettré – vous partez tous brutalement, tous, du jour au lendemain. Qu'est-ce qui vous prend ? Vous pouviez finir votre œuvre avec élégance en nous accompagnant les premiers méandres de notre route ! Vous nous auriez aidés à contourner les écueils. Votre départ ressemble à une vengeance.

– Non nous ne cherchons pas la vengeance, mais nous aussi devons reconstruire notre vie. Vous croyez que c'est facile ? C'est une grande souffrance. Nous nous retrouvons dans un pays quasi inconnu, où personne ne nous attend. Nous sommes des intrus. Beaucoup laissent une maison, une ferme, le travail de leur vie, et sont dans l'indigence ».

Ils avaient l'air gênés tous les deux. Moi j'avais les larmes aux yeux. Je trouvais tout cela si injuste.

Il y a eu un grand silence que sa femme a comblé en nous servant un café.

Puis il a repris la parole :

– Vous avez raison, Suzanne – c'était la première fois qu'il utilisait mon prénom – nous avons des termes durs à votre égard car nous sommes à la fois inquiets et excités de cet avenir. Excités de toutes les possibilités qui s'offrent à notre peuple et inquiets car l'histoire nous montre combien il faut de temps pour qu'une nation se construise. Les atermoiements actuels entre nos partis politiques, tous légitimes à les en croire, en sont la preuve. Vous aussi avez des problèmes, a-t-il continué après une hésitation, la tentative d'assassinat de votre général – président de la république au Petit Clamart, en est la traduction.

– Il y a la politique, mais il y a aussi la peur qui nous fait fuir ce pays. Peur des représailles, de la cupidité de certains qui tueraient facilement pour s'approprier un bien.

– Nous vous aurions défendus contre ces scélérats.

– Encore faudrait-il que vous ayez eu le temps d'organiser votre police, votre armée pour cela !

Nous avions tous raison. Sa femme m'a gentiment serré la main. Puis nous nous sommes quittés après qu'ils m'aient fait promettre tous deux de sonner à leur porte si j'avais besoin d'aide.

Là, ma mère a marqué un temps. Elle parlait depuis une heure, ses traits étaient tirés après ces jours éprouvants physiquement et moralement.

– Va t'allonger un peu, lui a dit ma grand-mère. Moi pendant ce temps, je vais préparer le repas. Tu nous raconteras la suite tout à l'heure.

Maman a repris son récit une fois tout le monde attablé. Ma grand-mère en oubliait de servir, de desservir avec l'aide de Claire selon l'habitude.

– J'ai eu du mal à dormir cette nuit-là. J'avais beau me répéter que je passais mes derniers jours dans cet appartement, dans cette ville, dans ce pays, je ne pouvais y croire. J'avais des souvenirs dans toutes les rues, toutes les boutiques depuis ma petite enfance, lorsque mon père avait pris sa fonction de gestionnaire de l'hôpital militaire. Mon petit frère y était mort de typhoïde, moi-même y avais été au plus mal, alors qu'adolescente, j'avais attrapé une méningite au cours d'une épidémie de méningocoques. J'avais envie de dire comme Chemla, comme Farida, comme Boudjamel, comme… « je n'ai qu'à rester ici. Pourquoi partir ? Nous sommes fous, nous nous sommes laissés entraîner par une peur collective. Nous sommes les moutons de Panurge, le premier démarre et tout le monde suit ».

On sentait que maman parlait plus pour elle-même que pour nous. Elle était choquée.

Mon grand-père, gentiment, l'a fait sortir de ses réflexions pour en revenir aux données matérielles.

Elle l'a regardé, a hésité :

– Ah oui. Le lendemain, voyons le lendemain… Le lendemain, Farida est arrivée tôt et a fait le café, comme d'habitude. J'aurais pu croire qu'Ariane se préparait pour l'école dans la pièce à côté, que toi, Gil, tu finissais de te raser. Karim et Mounir, ses fils, sont venus un peu plus tard, les bras chargés. Farida m'a dit : « Tu vois, hier, ils ont été chez tous les commerçants du quartier et même plus loin pour te trouver des caisses vides ». Je me suis vite préparée, puis nous avons entrepris de vider les armoires et penderies. J'ai pratiquement donné la moitié de nos vêtements sinon il n'y aurait pas eu assez de caisses. Et puis je voulais garder de la place pour les livres de ta bibliothèque, Gil. Et aussi pour tes jouets, Ariane, tout le contenu de ton cagibi adoré. La fin d'après-midi, j'ai entrepris, seule, de remplir des petits cartons de livres, pour qu'ils ne soient pas trop lourds. Je ne pouvais me résoudre à trier. Je les ai tous emballés. Et le lendemain, j'ai fait pareil avec tes jouets, Ariane, ta collection de « Semaine de Suzette ». Trois jours se sont passés ainsi. À midi, Farida m'apportait un plat à réchauffer. Le soir, je dînais chez Chemla, sa femme était chaque jour plus amicale et chaleureuse. Quel dommage qu'il ne nous l'ait jamais présentée avant. J'ai fini par le lui dire un soir entre deux portes. Il m'a répondu en souriant : « Ah ! vous aimez toujours me taquiner sur mon soi-disant machisme qui n'est que de la tradition, Suzanne ! ».

Il n'était plus temps de discuter de ces notions.

Un soir, Fornieri m'a invitée à dîner chez elle. Elle était très seule et comptait sur moi pour avoir des nouvelles des uns et des autres. Je n'en savais pas beaucoup plus qu'elle. Sur le pas de la porte, elle a lâché : « je crois que je vais vendre à mon commis pour la somme symbolique qu'il m'a proposée et partir. Au moins je saurai qui est dans mes meubles, au lieu d'attendre qu'on me jette dehors un jour ou l'autre. Ou qu'on m'assassine ».

Les autres jours, Karim et Mounir, sous les ordres de Farida, ont démonté nos meubles les uns après les autres. Les pièces se vidaient, la veille de la date fatidique du déménagement, il ne restait plus que mon lit sur pied. Je ne pleurais même plus, je me sentais anesthésiée.

Là, nous l'avons interrompue pour débarrasser la table, faire la vaisselle.

Le récit a repris autour du café.

– Le lendemain, dès six heures du matin, les deux fils de Farida accompagnés de leurs cousins étaient là pour descendre les meubles et les caisses dans la rue. Le cadre est arrivé sur un camion vers huit heures et il a été ouvert pour le remplir. Et là, catastrophe, j'ai vite compris combien j'avais surestimé son volume, même si je savais, en théorie, que neuf mètres cubes, c'était peu. Seul un tiers de nos meubles pouvait être emporté ! Il m'a fallu dans l'urgence, en essayant de ne pas m'affoler, réfléchir et choisir. J'ai privilégié ce que Boudjamel avait fabriqué au début de notre mariage. Surtout, Gil, ton bureau, ta bibliothèque et les petits meubles Art Déco qui allaient avec. J'ai laissé sur le trottoir notre lit avec ses courbes, notre armoire, tout ce que nous avons acheté plus tard, tout l'électroménager.

Maman s'est tournée vers moi :

– toutes tes affaires du cagibi, tes jouets, tes livres, tes « Semaine de Suzette » Ariane, et…

Elle hésitait :

– le piano est resté sur le trottoir. Il était trop volumineux.

Je suis restée silencieuse. Au point où nous en étions, la perte d'un piano avait-elle une importance ? Du moins j'essayais de m'en convaincre. Moi qui venais de découvrir mon attachement viscéral à cet instrument après avoir cru le détester pendant des années.

J'ai articulé :

– Tant pis, maman.

Le récit a repris après un silence consterné et quelques larmes silencieuses des uns et des autres.

– Le camion est parti vers le port de Bône où le cadre serait chargé sur le paquebot. Et moi je suis restée sur le trottoir devant mes meubles. Farida et ses fils étaient là, muets. « Qu'est-ce que je dois faire ? » leur ai-je dit. Farida a écarté les mains d'un geste fataliste, silencieusement.

Je me suis assise au bord du trottoir pour réfléchir.

– Farida, tu vas prendre tout ce qui peut t'être utile, donner à d'autres ce qui ne t'intéresse pas.

Elle m'a pressé la main pour me remercier, j'ai deviné les larmes sous son voile noir qu'elle avait endossé à l'arrivée du camion.

Je suis restée là, assise, je ne sais combien de temps, peut-être la matinée. Mon regard errait sur les volutes de la tête de lit, sur ma coiffeuse avec sa grande glace en pied que j'avais eu tant de mal à faire exécuter par Boudjamel qui n'en voyait pas l'utilité, il y a, oh il n'y a pas si longtemps, quand mes projets ne dépassaient pas les limites de cette ville. J'espérais un changement de quartier, une maison du côté de « la cité des jardins ». Partir au-delà, en dehors des vacances, ne m'avait jamais effleurée. L'armoire entr'ouverte montrait les couvertures que j'avais laissées à l'intérieur. Le piano avait une touche surréaliste sur ce trottoir.

Farida a désigné à ses fils ce qu'elle souhaitait emporter. Ils sont partis chercher un chariot et leurs cousins pour les aider. Pendant ce temps, des gens ont commencé à ralentir puis s'arrêter devant nous. Farida s'est penchée pour me demander à voix basse si elle pouvait leur proposer des meubles, des objets, ce qu'elle-même ne prendrait pas. J'ai acquiescé. Elle leur a expliqué en arabe. Ses voisins sont arrivés aussi, prévenus par ses fils. Je suis remontée dans l'appartement vide. Par le balcon, j'ai vu au fil de la journée disparaître les objets, les uns après les autres. Chemla devait m'accompagner au bateau le lendemain matin, très tôt. L'appareillage était à neuf heures.

Finalement, je suis partie déambuler dans les rues, dire adieu à mon passé. Je suis allée devant votre maison, papa et maman, voir encore une fois la fenêtre de cette chambre où j'ai donné naissance à Ariane. Cette chambre où le médecin juif qui m'avait assistée et t'avait ranimée par un bouche-à-bouche, Ariane, car tu as mis du temps à prendre ton premier souffle, m'a dit avec un grand sourire soulagé quand enfin ton cri a retenti : « Vous lui direz plus tard que son premier baiser lui a été donné par un Juif ! »

Je connaissais cette histoire bien sûr.

Maman a repris son récit. J'ai remarqué que c'était la première fois de ma vie qu'on laissait parler quelqu'un aussi longtemps en famille sans l'interrompre.

– Je suis passée devant l'école d'Alembert, sous la fenêtre de ton bureau, Gil. Je suis rentrée dans l'immeuble fondouk du docteur Bedrif. Pas un chat dans la salle d'attente évidemment. La plaque « Docteur Isaac BEDRIF, Médecine générale, diplômé de la faculté d'Alger » était toujours vissée sur la porte cochère de l'entrée. En me rendant vers la porte Hackett de la caserne, je suis repassée devant leur maison. Des discussions animées, des rires, me parvenaient depuis la terrasse couverte. Les familles des deux femmes de ménage étaient installées !

L'église Saint Possidius était fermée. Le curé devait occuper une nouvelle cure en France. Allait-elle devenir une mosquée ? Nous nous sommes mariés là. Je nous revoyais à ton baptême, Ariane, avec l'abbé Sidey officiant, à la fois prêtre et parrain, doublement ému. Je te suivais des yeux en pensée le jour de ta communion solennelle, quand tu faisais tanguer dangereusement le grand cierge que tu portais, plus habituée aux patins à roulettes qu'à une robe d'organdi blanche ! J'ai tourné au hasard des rues et j'ai fini par reprendre le chemin de la maison. Sur le trottoir, plus un meuble, ni objet. Sauf le piano, tout seul, incongru, avec les traces de tes pieds, Ariane, quand tu tambourinais contre son bois. Un reproche muet.

Devant la porte de l'appartement, assises sur une marche, Farida et Attika m'attendaient.

– Nous voulions te dire au revoir, t'embrasser. Il ne faut pas perdre espoir, Dieu nous réunira. Il ne peut pas avoir permis qu'on vive l'une près de l'autre toutes ces années, que je me sois occupée d'Ariane comme de mes fils et de mes nièces, pour nous séparer.

Nous nous sommes enlacées, trop émues pour parler, des larmes nous inondaient le visage à toutes trois. Érasme poussait de petits glapissements comme s'il comprenait notre tristesse. Au moment de descendre l'escalier, la discrète Attika s'est jetée contre moi en me suppliant :

– Quand tu seras installée, que tu auras une maison, tu me feras venir près de toi ? Je t'en prie, je serai soignée. Ici, parce que je boite, je reçois des cailloux dans la rue. S'il te plaît, fais-moi venir !

Sa tante baissait la tête. Elle a ajouté après un silence :

– Oui, c'est vrai. À cause de sa poliomyélite, elle est handicapée, elle marche en se déhanchant et les autres se moquent d'elles. Tu sais comme le monde est méchant, surtout les enfants ! Ils ne comprennent pas la souffrance.

J'ai serré fort Attika contre moi et je lui ai promis. N'est-ce pas, Gil, nous n'oublierons pas ?

Mon père, la tête baissée, a acquiescé.

– Elles sont parties et je me suis sentie encore plus seule. Je suis rentrée dans l'appartement vide, mes deux valises au milieu du salon. Ça a été le pire moment de ma vie. L'inéluctable de la situation m'a pénétré le corps viscéralement, jusqu'à la nausée. J'ai été sur le balcon pour ne plus voir ce vide. Érasme me suivait pas à pas. J'ai regardé le soir tomber sur la ferme de la colline. Demain, je suivrai le crépuscule en pleine mer. J'ai pensé intensément à vous tous. Il fallait maintenant que je vous retrouve, il était temps. Érasme se pressait contre moi. J'ai été me donner un coup de peigne puis je suis allée dîner chez Chemla une fois encore. Je devais aussi y dormir puisque je n'avais plus de lit. L'atmosphère du repas était pesante. Chemla a essayé de meubler le silence en disant ses soucis pour trouver des enseignants et assurer la rentrée scolaire. Il ne restait plus que trois semaines et il n'avait réuni que la moitié des effectifs. Et encore, en prenant des jeunes avec des diplômes incomplets. Je le laissais parler, je n'avais pas le courage de faire l'effort d'une conversation.

Très vite, j'ai évoqué ma fatigue pour aller me coucher. Ils avaient mis tous leurs enfants dans une même chambre pour me libérer une pièce. Érasme s'est installé au pied de mon lit.

J'ai pris une bonne dose de somnifère pour m'évader.

Le lendemain tôt, nous sommes partis pour Bône. En franchissant le premier tournant qui cachait Guelma à ma vue, j'ai été prise d'une crise de sanglots qui m'empêchait de respirer.

Chemla me murmurait :

– Calmez-vous Suzanne, vous reviendrez. Le temps passera et ramènera la paix.

Il répétait des phrases apaisantes à voix basse. Ce continuum musical a fini par prendre le pas sur mes larmes. Au bout d'une heure de route, la basilique d'Hippone est apparue à un tournant, sur sa colline.

« Au revoir, Saint Augustin, toi le Berbère catholique ! » ai-je murmuré. Au tournant suivant, c'était la baie de Bône. Deux paquebots étaient à quai, dont le mien, *« Le Ville d'Alger »*.

Chemla m'a proposé un petit tour de ville. J'ai accepté. Nous avons juste longé le cours Bertagna.

– Le trou dans la façade du lycée Mercier a juste été comblé par des parpaings, Ariane, m'a dit maman en souriant.

Puis, nous nous sommes dirigés vers les quais. Là, tout a été très vite. Il y avait beaucoup de monde. Mais ce n'était plus la foule de juillet. On m'a confirmé au guichet de la compagnie que mon cadre était bien en cale depuis la veille. Nous nous sommes rapidement fait nos adieux, je lui ai recommandé de partir tout de suite, et j'ai monté la passerelle. Un porteur avait pris d'office mes deux valises. Je l'ai accompagné jusqu'à ma chaise longue, en pont inférieur, puis je suis remontée sur le pont supérieur pour y attendre le départ avec Érasme. Je voyais loin depuis cette hauteur. La voiture de Chemla n'était plus là. Il avait suivi mon conseil. Enfin la cheminée du paquebot a fait retentir le *tôôut* de départ. Depuis la proue, j'ai regardé le remorqueur ridiculement petit nous traîner vers la haute mer. Quand il a largué l'amarre qui nous reliait à lui, je suis retournée vers la poupe pour voir ma terre s'éloigner. Je l'avais fait auparavant, dans l'euphorie de départ en vacances. Là, l'incrédulité le disputait au désespoir.

Alors que la terre devenait une ligne floue, un marin est venu me rappeler que je devais descendre Érasme en cale. Une cage l'attendait. Je le savais, les animaux n'étaient pas admis avec les passagers. J'avais même pris un billet spécial pour lui.

Il me suivait avec confiance et est entré dans la cage en agitant la queue, pensant à un jeu. Quand le marin a refermé la porte, il s'est mis à gémir. Je suis restée un moment à lui gratter la tête pour le rassurer puis il a bien fallu que je le laisse. Au point où j'en étais !

La traversée s'est passée sans problème, une mer d'huile. À table, au dîner, je suis tombée par hasard sur madame Sérénaud, qui tenait la boutique de mode à côté de l'église Sainte-Anne, à Bône. Elle aussi partait définitivement après avoir vendu pour une somme symbolique son commerce à son voisin. Elle était angoissée de savoir comment elle allait gagner sa vie désormais. Ce n'était pas le prix dérisoire de cette vente qui allait lui permettre de racheter un commerce. Sans parler de la maison héritée de ses parents, avec tous ses meubles et souvenirs, qu'elle avait tout bonnement fermée à clé comme si elle revenait demain.

Je me suis endormie en pensant que moi, j'avais la chance d'avoir une famille, de vous retrouver tous. Et toi Gil, tu étais là, au pied de la passerelle, à m'attendre. Nous avons pu rire ensemble de ce qu'Érasme avait fait de sa nuit : il avait rongé les barreaux de sa cage !

Et maman a fini son récit avec un pauvre sourire. Nous nous sommes tous embrassés, des larmes plein les yeux, pour nous réconforter mutuellement.

Geneviève, notre voisine, a attendu qu'on s'écarte un peu pour lui demander :

– Tu as pu monter au cimetière ? Tu as vu la tombe de mon Raoul ? Elle est en bon état ? Elle n'a pas été profanée ?

Maman l'a rassurée. Oui, elle s'y était rendue. Le gardien lui avait désigné la tombe en lui disant :

– Dis à madame Trutaud que je veille sur la tombe de son mari comme sur celle de mon père. Elle a été mon institutrice. Sans elle, je n'aurais jamais appris à lire. Pour elle, les Français, les Arabes, c'était pareil !

Après ce long récit, je me suis sauvée dans une chambre pour échapper aux discussions dans tous les sens, et surtout aux amis guelmois qui n'allaient pas tarder à sonner à notre porte, chacun voulant savoir comment allait sa maison désertée.

Je me suis demandé si maman avait emporté de la morphine pour son séjour.

Claire m'a rejointe :

– Allez, viens qu'on profite encore un peu de la mer avant la rentrée scolaire ! m'a-t-elle dit.

– Oh oui ! lui ai-je répondu en sautant sur mes pieds pour attraper mon maillot de bain. Et j'ai pensé « Allons me mettre les oreilles dans l'eau pour oublier mon piano tout seul sur son trottoir. » Il y était peut-être encore.

Nous avons décidé de prendre un bus et de nous baigner à la plage du Mourillon.

Jeudi 20 septembre 1962

Les choses se précipitent. Papa a reçu sa nomination. Il ira à Nanterre, en région parisienne.

Les discussions n'ont pas cessé de toute la journée. Il leur faut trouver un logement rapidement. Ils ont décidé de partir dans deux jours, avec juste des valises d'habits.

Le même jour, à notre grande joie, nous avons reçu une lettre du docteur Bedrif, notre ami. Mes parents leur avaient laissé l'adresse de Toulon avant de les quitter. Sa femme Myriam et lui se sont installés à Poissy. Il y a loué une maison et un local, et va ouvrir un cabinet. Mes parents ont tout de suite examiné une carte de la région parisienne et ont constaté que Nanterre et Poissy ne sont pas éloignés. Cela les réjouit de trouver un point de chute et des amis à leur arrivée. Ils vont vite les joindre. Maman projette de trouver un logement à Poissy pour être près de son amie Myriam et papa pourrait aller travailler à Nanterre en voiture.

Et moi dans tout cela ? Je commence dans mon nouveau lycée demain. Ils m'ont admise après mon examen de contrôle de latin. Ces derniers jours, j'ai défait la malle de vêtements d'hiver que maman m'a rapportée. J'ai choisi une jupe et un pull fin, jaune, pour ne pas faire trop gamine ce premier jour.

Après tant d'attente et d'hésitations, tout se précipite. J'ai la gorge un peu serrée en pensant à demain.

Samedi 22 septembre 1962

C'était ma première journée de classe hier.

Mon lycée est immense. Des couloirs, des couloirs. Et je me sentais si lourde. Papa m'a accompagnée jusqu'au porche. Dans la cour, j'ai réussi à trouver ma classe : Seconde C inscrit par terre à la craie. Je me suis rangée comme les autres. La plupart se connaissaient. Ça bavardait, riait, s'interpellait. J'avais un peu peur. Je regardais le sol pour ne pas rencontrer leurs regards curieux.

J'étais bien loin du lycée Mercier et de son patio.

Les cours se sont succédé. Chaque professeur nous a fait écrire sur un papier nos nom, prénom, date de naissance, école d'origine. L'un d'eux a fait remarquer que j'étais la plus jeune de la classe. Je n'ai pas ouvert la bouche.

Nous n'avons eu cours que le matin pour ce premier jour.

Quand je suis rentrée à midi à la maison, mes grands-parents et mes parents m'ont pressée de questions, mais je n'avais vraiment rien à raconter.

Mes parents sont partis ce matin dans notre petite 4 CV beige bourrée de valises, un peu de linge de maison et quelques ustensiles de cuisine donnés par ma grand-mère. Ils m'ont serrée très fort en me promettant de se retrouver à Noël. Papa m'a fait quelques recommandations pour mon travail, mais je le sentais si préoccupé.

L'appartement paraissait très vide tout d'un coup.

Ma grand-mère a réagi, comme toujours. Elle m'a entraîné par le bras en disant à mon grand-père :

– Allez Moune, va boire ton café dans ton bar habituel, Ariane et moi, nous partons manger une glace sur le port !

Mardi 25 septembre 1962

Je n'ai pas envie de rester là, pas envie de travailler dans ce lycée, pas envie de leur parler. Je me sens si lourde, fatiguée de sourire, de paraître.

Je n'ai rien à écrire de plus. Je vais m'asseoir par terre sur un coussin, derrière la porte, ma place préférée, fermer les yeux très fort, et fixer la ferme sur la colline, en suivant du bout des doigts les méandres du vernis écaillé sur le bureau de mon père.

Vendredi 5 octobre 1962

Papa et maman commencent à s'installer.

Ils n'ont pas trouvé d'appartement à louer à Poissy. L'agence leur a dit être débordée par les demandes. Alors, en attendant, ils se sont installés dans une pension de famille, comme dans un roman d'Agatha Christie.

Papa doit enseigner l'histoire, la géographie et le sport dans un collège de Nanterre. Le sport ! Son directeur a dit que le rectorat avait fait au mieux pour caser les rapatriés, qu'il ne fallait pas se plaindre. À Guelma, il était directeur de collège depuis des années.

Il a beaucoup de travail le soir pour préparer ses cours. Et il n'a récupéré aucun de ses livres. Heureusement il y a une grande bibliothèque municipale pas loin de chez eux et il y trouve la documentation nécessaire.

Il n'aime pas conduire sa voiture dans cette banlieue. Il trouve qu'il y a trop de monde. Il se plaint aussi de la pluie.

Ils ne sont pas loin de nos amis Bedrif. Les deux femmes se voient quotidiennement pour se remonter le moral.

Je me demande si maman prend toujours de la morphine là-bas. Et où elle la trouve.

Vendredi 19 octobre 1962

Ça ne marche pas fort le lycée. J'ai des mauvaises notes. La pire : 0,5 en maths. Un devoir sur les ensembles. Je n'ai rien compris. Et puis je n'ai pas envie d'écouter. Pourtant avant, j'étais bonne en maths, tout cela m'intéressait. Peut-être que le niveau scolaire était très bas à Guelma, sans qu'on s'en aperçoive ! Tout de même, nos livres, notre programme étaient les mêmes qu'en France.

Claire me dit :

– Tu vas t'adapter, ça va s'arranger. Parle un peu avec les filles de ta classe.

Mais je n'ai rien à leur dire.

Le soir, elles rentrent dans leurs maisons avec leurs parents, rigolent avec leurs amies d'enfance. Que pourrais-je leur raconter ?

Heureusement, il y a toujours la bibliothèque de Geneviève.

Samedi 27 octobre 1962

Ma grand-mère, qui devine tout, a compris que la musique me manque. Comme il n'est pas question d'acheter un piano, nous n'avons pas d'argent, elle m'a proposé d'apprendre la guitare.

L'idée m'a bien plu. Je me voyais assise dans un coin, sur un coussin, égrenant des accords. Alors il y a une semaine, nous sommes sorties toutes les deux et elle m'a acheté une guitare et un manuel.

– Ça te sortira un peu de tes livres ! Ce n'est pas bon de lire tout le temps, m'a-t-elle déclaré en sortant de la boutique.

Depuis, je m'efforce d'apprendre un peu tous les jours. Je place mes doigts en suivant les schémas, je mémorise la place des notes sur le manche. J'aime bien. Je commence à déchiffrer « Jeux interdits ».

Mercredi 31 octobre 1962

Mes parents ont trouvé un appartement meublé de deux pièces à louer. Très petit dans un vilain immeuble. Sans salle de bains !

L'agence leur a dit : "C'est ça ou rien. Vous ne vous rendez pas compte, vous, les rapatriés, vous êtes si nombreux ! À cause de vous, il y a une crise du logement, même les Français n'arrivent plus à se loger.

– Même les Français ! fulminait ma mère dans sa lettre. Et nous sommes quoi ? Pas des Français ?

Ils ont accepté. Donc ils ne font toujours pas venir leur cadre pour retrouver leurs meubles.

Les murs ont tellement de taches de moisissures qu'ils ont punaisé par-dessus des draps et des couvertures pour les cacher.

Ils nous parlent du ciel gris, toujours gris.

Mon père a du mal avec ses élèves, pour la première fois de sa carrière :

– Ils sont difficiles à intéresser. Je suis obligé de leur raconter beaucoup d'anecdotes autour de l'histoire de France pour les faire tenir tranquilles, m'écrit-il. Il est obligé de beaucoup préparer ses cours puisqu'il n'a jamais enseigné ces matières. Sans parler du sport !

À ce sujet, mon père préfère ironiser sur lui-même. Il leur fait faire les exercices qu'il avait appris dans l'armée. Heureusement, ils ont une grande bibliothèque municipale à côté de chez eux et ils ont acheté une télévision.

Ils espèrent que je pourrai les rejoindre bientôt. Moi je ne sais pas ce que je souhaite.

Samedi 3 novembre 1962

Ma grand-mère a jugé que je ne progressais pas assez rapidement en guitare, alors elle a recruté un professeur : un vieux monsieur moustachu, style Brassens, qui joue de la guitare sur la place de la Liberté, avec une sébile à ses pieds. Elle l'a ramené à la maison et j'ai eu mon premier cours. Il explique bien, il n'est pas intimidant, je suis contente.

Il reviendra chaque semaine.

Mes notes remontent, mais je ne parle à personne. Je ne veux pas les connaître ces Français.

Il y a eu une photo de classe, la première de ma vie. Ma grand-mère m'a grondée en la voyant :

– Tout de même, tu pourrais te forcer à sourire un peu !

Non ! Je ne le lui ai pas dit, mais je l'ai pensé très fort.

Les jours de congé, elle m'entraîne avec elle me promener sous prétexte de courses là ou là. Elle aime surtout le port. Quand je l'accompagne, je ne surveille plus par-dessus mon épaule en marchant. Quand je suis seule, j'ai du mal à m'en empêcher, surtout dans les ruelles.

Lundi 12 novembre 1962

Le ciel est bleu. Il est beau et dégagé parce qu'il y a du mistral. Ce vent est horrible, puissant, glacial. Quand je traverse la passerelle au-dessus de la gare pour aller au lycée, je suis transpercée. Mon manteau épais est traversé comme une plume.

Mes parents se plaignent aussi du froid, de l'humidité, du ciel gris, de la pluie. Maman me raconte qu'elle apprend à porter des écharpes, des gants chauds.

Le demi-trimestre s'achève et je ne me suis toujours pas fait de copine au grand regret de ma grand-mère qui me questionne régulièrement à table sur les autres élèves :

– D'où viennent-elles, que font leurs parents ?

– Non, mamy, personne ne vient d'Algérie dans cette classe, seulement moi ! Non, tu ne retrouveras pas la piste de connaissances par mon biais.

Parfois, quand nous sommes assises à une terrasse de café sur le port, elle observe les passants avec acuité en marmonnant :

– Possible que je ne reconnaisse personne dans tout ce monde ?

Elle m'attendrit. Elle, si sociable, ne pas avoir l'occasion de saluer quelqu'un lors d'une sortie ! Ça lui manque tellement que l'autre jour, en descendant la rue d'Alger, elle a pris le bras de mon grand-père, s'est arrêtée et lui a dit :

– Écoute Moune, le prochain que l'on croise, tu soulèves ton chapeau pour le saluer. Il va bien nous répondre !

Mon grand-père a haussé les épaules.

– On ne se jette pas à la tête des gens !

Tiens, je réalise que je n'ai même pas retenu le nom de mes professeurs.

Jeudi 15 novembre 1962

Mes parents m'ont demandé de les rejoindre lors des vacances de Noël pour continuer l'année scolaire près d'eux. Ils m'ont expliqué que je prendrai le car pour aller au lycée Debussy à Saint-Germain-en-Laye. Je n'ai pas le choix.

J'ai eu raison de ne pas m'intéresser aux autres élèves de ma classe ni d'apprendre le nom des professeurs. Ça n'en valait pas la peine.

Mon grand-père ira demain voir la directrice pour demander mon transfert. Papa a fait les démarches de son côté pour le lycée de Saint-Germain-en-Laye.

Je me sens passive. Tout cela ne m'intéresse pas. J'approuve tout ce que l'on me propose.

Mercredi 28 novembre 1962

Jour de mon anniversaire. J'ai quatorze ans. Si on m'avait dit l'an dernier que mon anniversaire suivant se déroulerait si loin ! Si loin de La Mahouna et sa silhouette de femme allongée. Ce que je craignais est arrivé. Que faire d'autre que me plier à cette nouvelle vie ? Un jour, je partirai.

En attendant, je fonctionne comme une machine : le lycée, les repas, le travail, le petit feuilleton télévisé à 19 h 30, la demi-heure de guitare, les livres.

Du coup, à force de lire, j'ai des bonnes notes en français. Je remonte en maths. En pensée, je revois les yeux bleus de mon professeur de Guelma pétiller quand je faisais une réponse judicieuse.

La semaine dernière, j'ai eu des heures de colle pour être sortie du lycée alors que j'avais cours.

Je l'ai même fait plusieurs fois. Ces cours étaient sans intérêt : dessin, sport. Et aussi des cours d'histoire, de géographie que je pouvais lire seule. Je n'avais pas envie de rester. Je m'ennuyais.

Mes grands-parents m'ont regardée, l'air perplexe, après avoir signé le mot sur mon carnet.

Ma grand-mère a commencé :

– Mais enfin pourquoi…

Mon grand-père lui a fait signe de se taire. Ils sentent mon désintérêt de tout cela.

Pendant cet après-midi de punition, j'ai gravé discrètement sur le bois du bureau, avec la pointe de mon compas, la liste des villages entre Guelma et Bône. Je suis sûre que personne ne fera le lien avec moi !

Dimanche 2 décembre 1962

Tous les dimanches, je continue à accompagner mes grands-parents à la messe. Il n'y a même pas d'orgue, de chorale, seulement un harmonium.

De plus en plus de rapatriés se comptent parmi les assistants. Ma grand-mère repère les nouvelles têtes et s'arrange pour faire connaissance. La discussion commence toujours par : « Vous êtes d'où, vous ? » Suivent immanquablement la liste des biens abandonnés, les personnes dont on a perdu la trace.

L'après-midi, ce sont les visites des amis « pieds-noirs ». Ils épluchent ensemble le petit journal *Le Lien*.

Commentaires sans fin lorsqu'un nom connu est débusqué dans la liste.

Claire n'est pas souvent là. Elle sort avec ses amis des Beaux-arts.

Samedi 15 décembre 1962

Les vacances de Noël approchent. J'ai commencé à me préparer à rejoindre mes parents. Un vrai petit déménagement. Mes valises, les livres et cahiers de travail, la guitare par-dessus tout cela. Je vais continuer à apprendre cet instrument toute seule. J'ai dit au revoir hier à mon vieux professeur-mendiant des rues.

Je n'ai rien dit aux élèves de ma classe ni aux professeurs.

– Tu te conduis comme une sauvage, m'a reproché ma grand-mère.

Mes grands-parents sont tristes, ils auraient bien voulu me garder. Je reviendrai aux vacances.

Samedi 22 décembre 1962

Ça y est, je suis à Poissy.

Je suis partie tôt ce matin de Toulon, chargée comme un âne. Ma grand-mère m'a longuement fait des signes de son balcon, jusqu'à ce que je tourne le coin de la rue. Mon grand-père m'a rapidement aidée à monter tout mon barda et à m'installer dans le compartiment. L'arrêt à Toulon était très court. On se regardait par la fenêtre alors que le train repartait, des larmes aux yeux encore une fois. Une séparation de plus. Long trajet, huit heures, accompagné des crachouillis et des bouffées de fumée noire de la locomotive.

Mon père m'attendait sur le quai, gare de Lyon, le visage illuminé de me retrouver. Maman avait préféré rester à la maison.

– Elle se repose, a dit papa.

Elle se repose de quoi ? ai-je pensé, sans vouloir assombrir sa joie.

Dans la voiture, il m'a raconté mille choses sur son travail, ses nouveaux élèves. Il s'interrompait souvent pour me désigner tel ou tel monument. J'ai trouvé la ville sombre, les pierres des immeubles sont noires. Il me répétait :

– Nous viendrons visiter tout cela, Tofla. Il y a des tas de musées, tu verras. Jusqu'à présent nous n'avons pas eu le temps, mais nous le ferons.

Je l'ai trouvé à l'aise dans la circulation parisienne.

– Que veux-tu ? Nous sommes bien obligés d'apprendre ! m'a-t-il répondu en riant.

Je le sentais euphorique de nos retrouvailles.

En arrivant en bas de l'immeuble, il m'a prévenu :

– C'est modeste, tu sais. On n'a pas eu le choix. Tout est cher.

Au deuxième étage, maman m'attendait sur le palier, m'a embrassée avec effusion. J'ai essayé de deviner sur ses traits si elle avait toujours besoin de morphine pour finir ses journées. Je me suis prise à espérer devant son beau sourire.

Nous sommes entrés, l'appartement est minuscule. Deux petites pièces meublées de vieux rustique lugubre. Une chambre, une pièce de séjour. Des draps sont punaisés à certains murs.

Maman a vu mon regard :

– Oui, nous avons été obligés pour cacher les moisissures.

Papa a ajouté :

– Nous cherchons autre chose. Nous finirons bien par trouver. Il faut juste être un peu patient, avec un regard oblique vers maman.

Je me suis forcée à sourire. Ils étaient heureux de me retrouver, mais si tristes de m'accueillir dans cette laideur.

Un lit avait été ajouté dans la salle de séjour pour moi.

Pas de salle de bains.

Maman m'a expliqué :

– Je te montrerai comment nous faisons notre toilette dans la cuisine. Après le dîner, tu pourras t'y baigner, nous avons acheté un grand tub en zinc. On se salit tellement dans ces trains !

En effet, sous la table était cachée une énorme bassine.

Papa a voulu plaisanter :

– Mais nous avons l'électricité tout de même !

Maman et moi avons tout de suite défait mes valises, rangé mes vêtements dans un coin de son placard, pendant que papa me montrait la place qu'il m'avait faite sur une étagère pour mes livres.

Dans leur chambre trône une grande télévision, disproportionnée pour la pièce. On devine qu'elle est l'antidote au désespoir.

Lundi 24 décembre 1962

Nos amis Bedrif se sont installés dans une maison de la partie haute de Poissy, sur le plateau de Beauregard. Heureusement que nous avons ce pôle de chaleur. Dès aujourd'hui, maman et moi avons passé l'après-midi chez eux. J'ai retrouvé leurs trois garçons avec qui j'ai tant chahuté. On avait même essayé un jour de mettre le feu à un mur de la caserne en empilant des fagots contre un mur. On l'avait lu dans une bande dessinée sur les Indiens. On voulait voir si ça marchait vraiment. Des militaires nous avaient surpris et nous avaient éjectés *manu militari*, comme dirait papa. Ils étaient d'autant plus furieux qu'il y avait des camions contenant des munitions dans ce hangar. L'histoire était remontée jusqu'à mon grand-père. Il m'avait gratifiée d'un sévère : « Tu pourrais réfléchir tout de même avant de faire de telles âneries ». Mais je l'avais surpris plus tard en train de raconter l'incident en riant à ma grand-mère.

Mais c'est bizarre, on a dû tous vieillir d'un coup. Plus question de cavaler à droite et à gauche, de se faire des farces comme se verser une boîte de lessive sur la tête ! Nous n'avions plus d'imagination. Nous sommes restés sagement assis près de nos mères dans le salon. Ils m'ont juste raconté des histoires rigolotes sur leurs écoles et « Poissy la poisse » comme ils disent. Moi je n'avais rien à dire d'intéressant.

Maman et Myriam passent tous leurs après-midis ensemble, à bavarder, tricoter, boire des cafés.

Mardi 25 décembre 1962

Qu'est-ce qui m'a pris hier soir ?

C'était la nuit de Noël, j'ai décidé à 23 heures, après un petit repas de fête que nous avons partagé tous les trois, d'aller à la messe de minuit. Je n'en avais jamais vu. Dans les livres, ça ressemblait à un moment magique, scintillant. Et puis je voulais m'obliger à sortir seule la nuit, je ne voulais plus accepter ma peur. Papa n'avait vraiment pas envie de m'accompagner, il faisait très froid. Maman était devant la télévision, sur son lit. Je leur ai affirmé avec assurance que je me débrouillerais très bien toute seule. J'ai beaucoup insisté.

Donc, ils ont veillé à ce que je sois bien couverte et m'ont laissée sortir seule. Dehors, tout était désert, je n'étais pas très fière. Je me suis rendue à La Collégiale d'un pas rapide en me retenant de courir. Papa m'avait fait visiter Poissy les deux derniers jours, j'ai facilement trouvé mon chemin.

Les abords de l'église étaient plus animés, des familles se rendaient à l'office en bavardant, emmitouflées dans leurs écharpes et bonnets. Je me suis placée derrière l'une d'elles avec plein d'enfants, pour les observer. Ils avaient l'air heureux, excités par cette fête.

La cérémonie a commencé avec l'attaque de l'orgue sur un chant puissant qui m'a fait sursauter. Puis la chorale a suivi. C'était magnifique. Qu'elle était loin ma petite église St Possidius, avec son modeste orgue à deux rangées de tuyaux, sa chorale d'amateurs dirigée par l'épicier. J'en avais la chair de poule. Je sortais de ma passivité, je le sentais. L'orgue m'insufflait une espérance, un sentiment de communion avec cette assemblée.

Puis est venue l'homélie. Le prêtre qui officiait avait choisi le thème de la charité.

Et j'ai entendu cette phrase : « En cette nuit sainte, ouvrons nos cœurs et nos foyers à nos frères en difficulté, même à ces communautés françaises d'Algérie ».

Même… Pourquoi même ? Nous étions comme eux, français, catholiques. Et même si nous ne l'avions pas été ? La charité n'est-elle pas pour tous ?

Je n'ai pas osé me lever tout de suite. À la fin du sermon, je suis partie le plus discrètement possible. Le froid m'a semblé encore plus mordant. Dans ma confusion et mon chagrin, j'ai pris une rue, puis une autre et je n'ai plus rien reconnu.

À l'aller, c'était facile de voir les tours de la collégiale de loin. Mais notre immeuble, où était-il ? Je pleurais en marchant. La peur des rues sombres est revenue. Je courais par moments. Je ne reconnaissais rien. Au bout d'une demi-heure, j'ai décidé de revenir à l'église. J'ai débouché sur le parvis désert. L'office était terminé. Je me suis obligée à réfléchir posément. J'ai reconnu la rue de mon arrivée. J'étais partie à l'opposé ! J'ai repris le chemin d'origine et je me suis rapidement retrouvée devant la porte de notre immeuble. Mes parents s'inquiétaient, mon père avait commencé à s'habiller pour partir à ma recherche. On s'est fait un grog avec du citron et du rhum ! Quel délice ! Ça nous a réconfortés et finalement nous sommes allés nous coucher en riant.

On s'étonne qu'il existe des alcooliques. Ça fait du bien quand on est tristes.

Je n'ai pas raconté à mes parents l'histoire de l'homélie. Maman aurait tempêté, elle aurait été capable d'aller voir le curé. Papa aurait pris son air sombre. J'ai juste dit que je m'étais perdue.

Mercredi 2 janvier 1963

On a vaguement fêté le Nouvel An en dînant chez nos amis. Tout le monde se forçait à faire semblant d'être joyeux, mais le cœur n'y était pas. Nous étions soulagés de rentrer nous coucher.

Et puis il fait tellement froid. L'appartement reste humide malgré le chauffage. Un poêle à charbon pour toutes les pièces.

J'hiberne. Papa m'a emmenée à la bibliothèque municipale dès le lendemain de mon arrivée. Elle est immense. Le bibliothécaire est rapidement devenu son ami, devant le nombre de livres empruntés. J'en ajoute désormais à la liste. J'ai passé mes journées assise sur mon lit, le nez dans un bouquin.

Depuis que j'ai retrouvé mes parents, j'ai rapidement eu la réponse à la question que je me posais : maman consomme-t-elle toujours de la morphine ? Il est évident que oui : son humeur devient instable en milieu d'après-midi, jusqu'à la violence pour n'importe quel prétexte. Vers 17 heures, elle devient paisible et, allongée sur son lit, alterne livres et télévision.

J'ai réfléchi : qui la lui prescrit ? Puisqu'ici nous avons perdu toutes nos connaissances, elle ne peut avoir gardé de réseau. La conclusion s'impose à moi : notre ami, le docteur Bedrif. Pourquoi lui en prescrit-il ? En consomme-t-il aussi ?

Papa l'a sûrement compris aussi. J'ai décidé de ne pas lui en parler. Je le trouve sombre, triste. Il a fallu mon arrivée, l'autre jour, pour le faire sourire. Dans le quotidien, il parle peu, a toujours l'air ailleurs, distrait. Il est amer quand il parle de son travail.

– Je n'arrive pas à les intéresser ! C'est incroyable. Je n'ai jamais connu ça. Les élèves arabes qui arrivaient de leurs douars, avec des parents ne parlant pas français, voulaient apprendre, respectaient le maître. Ceux-là sont insolents, des petites frappes !

Il donne quelques cours particuliers de latin à des enfants de Saint-Germain-en-Laye. Chez certains, il a l'humiliation de devoir réclamer le paiement de ses heures. On lui répond :

– Oui, oui, la prochaine fois.

Et ces gens-là habitent des hôtels particuliers.

Il faut quitter ce pays, repartir je ne sais où. Je lis attentivement le bulletin officiel de l'Éducation nationale, la page des postes vacants à l'étranger.

Vendredi 4 janvier 1963

Mes parents ont décidé de se secouer un peu avant la rentrée de lundi prochain et de m'emmener à Paris visiter le Louvre.

Nous sommes donc partis avec notre 4 CV. Papa se débrouille décidément très bien dans la circulation parisienne !

C'est immense Le Louvre ! Nous nous sommes cantonnés au secteur des antiquités romaines et égyptiennes. J'ai vu en vrai des œuvres qui illustrent les livres d'histoire. J'étais très impressionnée.

Tout de même mon square et ses statues ont plus d'âme, de mystère, dans leur silence et leur solitude, même si personne ne les connaît. Et ce sont les miennes, celles de mon enfance.

Ensuite nous nous sommes rendus rue des Écouffes. La rumeur des rapatriés nous avait informés qu'il y a là un marchand de pâtisseries algériennes. Nous l'avons trouvé, on a mangé des beignets et des zlabias tant qu'on a pu et on en a rapporté à la maison.

Dimanche 6 janvier 1963

C'est demain la rentrée. J'ai très peur de ce nouveau lycée, de prendre le car pour y aller. Si je me trompais, où est-ce que j'atterrirais ? Je n'étais pas inquiète de la même manière avant la rentrée scolaire à Toulon. Peut-être parce que je connaissais les lieux. Nous avions fait souvent le trajet avec ma grand-mère, avec Claire.

Papa m'a montré une fois le lycée, en voiture. Il m'a indiqué où prendre le car à la gare de Poissy, son numéro. Mais c'est très grand Poissy, Saint-Germain-en-Laye aussi. Je vais peut-être arriver en retard le premier jour. Il faudra aussi trouver la classe. Les autres sauront où aller, moi pas.

Finalement j'ai toujours peur de quelque chose. À Guelma, c'était des attentats, ici c'est de me perdre… Je me demande si les autres aussi ont peur.

Je suis préoccupée aussi parce que maman va mal. Elle ne vit pas vraiment. Elle est toujours allongée, ne fait absolument rien. Et on devine à quelle heure elle consomme sa morphine. Jusqu'à quand ?

Bon, je vais prendre un livre, un roman policier, ça ira mieux. Et je pourrai m'endormir.

Mardi 8 janvier 1963

Je n'ai pas eu le courage hier de raconter ma première journée de classe. Je me sentais si misérable, grise et terne comme les nuages. L'écrire aurait figé cette impression comme lorsque Claire fixe ses dessins au fusain avec un produit qu'elle vaporise.

Je suis partie tôt de la maison, ma blouse rose dans mon sac. C'est le règlement dans ce lycée : une semaine blouse rose, une semaine blouse bleue. Je me suis rendue à la gare de Poissy. J'ai trouvé le car avec le bon numéro facilement. Nous avons traversé la forêt et sommes arrivés à Saint-Germain-en-Laye.

Là, j'ai réalisé que je ne savais pas à quel arrêt descendre. Papa avait oublié de me l'indiquer. Il est si distrait, lointain, en ce moment. Je m'affolais intérieurement. Puis j'ai remarqué des filles de mon âge avec un cartable à la main. Soulagée, j'ai décidé de les suivre. J'arriverais forcément au lycée, comme elles.

J'ai suivi cette tactique et je suis parvenue derrière elles à une école professionnelle. Évidemment, il y avait de nombreuses écoles dans une ville aussi grande ! Comment retrouver mon lycée ?

J'ai décidé de demander à des passants. Heureusement, ils connaissaient et m'ont guidée. Au fur et à mesure du trajet, je redemandais mon chemin à d'autres personnes pour ne plus m'égarer.

Finalement je suis arrivée devant le portail du lycée Claude Debussy. J'adore ce musicien, ses arabesques. C'est peut-être pour cela que j'ai fini par trouver le bon chemin.

Il était temps, la sonnerie retentissait. Je n'avais pas eu le temps de me repérer.

J'ai vu toutes les élèves se diriger vers les étages, j'ai suivi, mais il y avait plusieurs étages.

Alors je suis redescendue et j'ai erré quelques minutes dans le grand hall subitement vidé.

Une dame est arrivée, m'a tancée, l'œil agacé :

– Que faites-vous là, mademoiselle, au lieu d'aller en classe ?

– Je suis nouvelle, en seconde D. Je ne sais pas où est ma classe.

– Et qu'attendez-vous pour vous renseigner ?

– Que quelqu'un passe.

– Vous êtes arrivée en retard ?

– Oui, je me suis perdue.

Elle a haussé les épaules en m'ordonnant de la suivre vers un bureau. Là, elle a consulté un classeur et m'a indiqué l'étage et un numéro de salle.

– Et dépêchez-vous donc.

Je suis ressortie rouge, honteuse de je ne sais quoi. D'être empotée, peureuse.

J'ai trouvé la salle. J'ai écouté avant de frapper à la porte. Il y avait du chahut à l'intérieur. On entendait rire, parler, s'interpeller. J'ai tapé plusieurs fois, avant d'entendre :

– Entrez !

À mon apparition, tout le monde s'est tu en me fixant.

Le professeur, un homme âgé, m'a salué :

– Bonjour, vous êtes la nouvelle, je présume. On m'avait prévenu. Rappelez-moi vos nom et prénom.

J'ai bredouillé quelque chose qu'il a paru comprendre.

– Bon, allez donc vous installer... Tenez, là-bas, en m'indiquant une place libre. Vos camarades vous donneront l'emploi du temps. Maintenant mesdemoiselles, taisez-vous, on attaque le cours.

C'était un cours de maths. Le silence est un peu revenu. Ma voisine m'a glissé :

– Y'a toujours du chahut avec lui.

J'ai passé la journée en m'appliquant à faire comme les autres, changer de classe selon les matières sans me laisser distancer. Trouver la cantine. Retrouver les autres après la cantine.

L'après-midi, il y avait un cours de sport. Je n'avais pas de tenue. Le professeur m'a demandé mon poids pour me prêter un short. Je n'en avais pas la moindre idée, alors j'ai dit un chiffre au hasard. Les autres ont éclaté de rire et le professeur a haussé les épaules. J'ai dû me tromper.

Enfin, la fin de la journée est arrivée. Il fallait retrouver la halte du car pour rentrer à la maison. J'ai demandé à la concierge du lycée si elle connaissait. Une grosse femme souriante qui m'a bien expliqué. Heureusement car j'en avais vraiment assez. Je me sentais trimballée d'un point à l'autre, ne sachant rien, au milieu de personnes sachant toutes où elles allaient, ce qu'elles avaient à faire.

Quelques filles m'ont souri pendant la journée. Je n'ai pas parlé.

Vendredi 11 janvier 1963

Cinq jours de lycée, déjà.

Ça y est, je connais le trajet, je ne me trompe plus. J'ai également à peu près compris mon emploi du temps et les changements de salle.

Le professeur de français m'a retenue à la fin du cours pour me parler un peu, savoir d'où je venais, pourquoi je changeais de lycée en cours d'année. Elle m'a proposé de venir la voir en cas de difficulté avec les cours. Elle est professeur principal. Elle est jolie. Un chignon blond avec des petites mèches qui s'échappent et bougent avec sa respiration. Je n'ai raconté que cela à papa pour qu'il ne se fasse pas de souci.

Après la cantine, dans la cour, une fille de ma classe est venue me voir. Elle est grande, brune, avec des cheveux mi-longs. Elle a l'air posée et semble réfléchir avant de parler. Elle m'a regardée pensivement et m'a dit :

– Pourquoi as-tu l'air d'un chien prêt à mordre ?

Devant mon silence, elle ajoute :

– D'où viens-tu ?

J'ai voulu articuler :

– De Guelma.

Mais je n'ai pas proféré un son. Elle ne connaîtrait pas, et comment le lui expliquer ? Il faudrait décrire un monde à travers une ville, ses ruelles, ses marchands ambulants, la belle lumière rose derrière les rideaux, les jeux des enfants indifférents à la chaleur, l'odeur du cumin, le bol de couscous au lait tendu par Farida. Sous le regard de La Mahouna, sous la protection de sa silhouette de femme allongée.

Alors, cette fois encore, j'ai souri en me taisant, mais j'ai deviné qu'un jour je lui expliquerais tout.

Épilogue

Quand nous aurons enfin, au bout de plusieurs années, la possibilité d'ouvrir le cadre pour retrouver quelques meubles, nous les découvrirons moisis, bons à jeter. Beaucoup plus tard encore, un documentaire télévisé nous apprendra que les dockers communistes de Marseille les avaient systématiquement trempés dans l'eau de mer en les sortant des cales des bateaux pour nous « punir ».

Je ne retournerai à Guelma, en visite seulement, qu'en 1975, médecin, mariée, mère de famille. Il me fallait montrer à mon mari, mon plus grand ami, mon amour, ces lieux de mon enfance afin qu'il mette une image sur mes récits et un visage sur les noms. Farida et sa famille nous ont accueillis avec la même chaleur dont elles avaient entouré mon enfance.

L'église Saint-Possidius, où j'ai été baptisée et où j'ai fait ma communion solennelle, a été transformée en mosquée. Je ne risque pas d'y jouer de l'orgue ! Mon école a été rasée. Le théâtre Napoléon III où mon grand-père a fêté son départ à la retraite, lui, n'a pas changé.

Les ruines romaines défient toujours le temps. Ce sont elles que j'ai le mieux retrouvées, semblables à mes souvenirs. Les marchands ambulants de bonbons avec leurs petites carrioles à roulettes n'ont pas changé. Les enfants, qui arrivent la main tendue, montrant les pièces de monnaie dans le creux de leur paume, non plus.

Tout cela sous la silhouette de La Mahouna.

Je me suis enfin baignée à Hammam Meskoutine. J'ai fait le tour de la Fontaine Chaude toujours envahie par les joncs. L'absence d'entretien a fait se tarir certaines sources qui l'alimentaient. Mais elle résiste au temps, à la nature et aux hommes.

Leïla a pu continuer ses études et est devenue professeur d'université.

Attika nous a rejoints en France. Elle y a été soignée, s'y est définitivement installée et habite non loin de moi.

J'ai à nouveau pu jouer du piano à mon arrivée en cité universitaire, soit longtemps après notre arrivée en France. Et il m'a fallu encore plusieurs années pour en posséder un.

La grande fille brune qui m'a apostrophée dans la cour du lycée de Saint-Germain-en-Laye est devenue ma plus grande amie, pour la vie.

FIN

Lexique

Fellagha : combattant pour l'indépendance algérienne.

FLN : Front de Libération nationale.

Chaouch : nom donné couramment aux aides-indigènes.

Yemchi : va-t'en.

Fondouk : hôtel et entrepôt de marchands.

Douar : groupement d'habitations.

Toubib : médecin.

Rlass : c'est tout.

Chiche : capable, en argot.

Ao el andi : je vends des figues de Barbarie.

Youma : maman.

Bled : village retiré.

Meskine : pauvre.

Ferhat Abbas, Messali Hadj : leaders algériens.

Mektoub : si le destin le veut.

Ben Bella : chef du FLN. Premier président de la République algérienne.

GPRA : gouvernement provisoire de la République algérienne.

Loi Crémieux : décret qui attribua d'office, en 1870, la nationalité française aux israélites indigènes d'Algérie.

Du même auteur, aux Éditions du Loir

***Tu ne nuiras pas* de Monique Canzano**
979-10-94543-23-8

Rien ne prédestinait Samuel, archéologue réputé, et Pierre, ingénieur en imagerie médicale, à se rencontrer.

Amer et désabusé, Samuel rentre en France après trois ans de recherches vaines en Libye. Désavoué par sa hiérarchie et raillé par ses pairs, il accepte de fouiller clandestinement le site qui accueillera bientôt l'extension d'un hôpital universitaire renommé.

En une nuit, Pierre a vu sa vie basculer au cœur de ce même établissement hospitalier qui l'emploie. Admise aux urgences pour un incident mineur, sa femme est victime d'une erreur de diagnostic. Le hasard va lier les destins de ces deux hommes.

L'hôpital universitaire de La Compassion va devenir l'épicentre de leurs préoccupations et le théâtre d'incidents qui se succèdent au fil des mois.

Que se passe-t-il au cœur de ce monde blanc ?

Qui tire les ficelles et dans quel but ?

Ne devons-nous pas craindre de le savoir ?

retrouvez notre actualité
sur www.leseditionsduloir.fr

Composition et mise en pages :

CONTINENTAL
— MÉDIAS —

sepec
numérique

Impression & brochage - France
Numéro d'impression : N26685210404 - Achevé d'imprimer : Mai 2021

IMPRIM'VERT®

Certifié PEFC

Ce produit est issu de
forêts gérées durablement
et de sources contrôlées

PEFC™
10-31-3532

www.pefc-france.org